仙台ぐらし

伊坂幸太郎

もくじ

タクシーが多すぎる 9
見知らぬ知人が多すぎるⅠ 25
消えるお店が多すぎる 37
機械まかせが多すぎる 49
ずうずうしい猫が多すぎる 61
見知らぬ知人が多すぎるⅡ 75
心配事が多すぎるⅠ 89
心配事が多すぎるⅡ 101
映画化が多すぎる 117
多すぎる、を振り返る 129

峩々温泉で温泉仙人にあう 143
いずれまた 153
仙台文学館へのメッセージ 159
震災のあと 163
仙台のタウン誌へのコメント 173
震災のこと 177
ブックモビール a bookmobile 183
あとがき 223
文庫版あとがき もしくは、見知らぬ知人が多すぎるⅢ 231
解説にかえて——対談『仙台ぐらし』の舞台裏 土方正志 239

仙台ぐらし

タクシーが多すぎる

2005.6.25

仙台は今、人口一人当たりのタクシー台数が全国で一番多いんだよ、とタクシー運転手が言った。小説の打ち合わせを仙台市街地でやった帰りだ。「ようするに、タクシーが多すぎるってことですか」と運転席に身体を寄せながら訊《たず》ねると、白髪の運転手は、「規制緩和でね、どっと増えたんだ」とバックミラーでこちらを見た。「客は少ないのに、台数だけ増えてさ、どうしろって言うんだよな」

「客の取り合いなんですね」

「取り合いも取り合い、なりふり構ってないよ、みんな」運転手は笑わずにはいられないという様子だった。「マナーも何もあったもんじゃないからね。タクシー同士で客の奪い合いだよ。どんどん、割り込んだり、違法駐車したり」

少し前の新聞記事を思い出した。繁華街の国分町《こくぶんちょう》では夜になると、大量のタクシーが車線を埋め尽くす、とあった。大問題だ、と。

それを話すと運転手は、「あれは酷《ひど》いもんだよ」と嘆いた。故郷の桜並木を自慢する人が、あれは見事だよ、と言うのと似た口調だった。「客の取り合いで、殴り合いとかしてるからね。俺は近寄らないことにしてるよ」

「国分町で駐車している車は、警察が来て、移動させているらしいですね」

「ああ、あれ」運転手は声を高くした。「あれさ、他のタクシー運転手が通報することもあるんだよ」

「え？」

「通報すると、警察が来て、停《と》まってるタクシーを移動させるだろ。で、その空いた場所に自分が停めるっていう寸法なわけだ」

「寸法なんですかあ」と僕は相槌《あいづち》を打った後で、「いったい、誰がいけないんですかね」と訊ねた。「不景気じゃないの」とあっけらかんと運転手は答えた後で、「正直ね、今は新聞で、郵便局の民営化とか、アメリカがどうしたとか環境がどうしたとか、言ってるだろ。でもさ、うちらにとったら、規制緩和のほうがよっぽど重大な問題でさ、まあ、結局みんな、目の前の危機しか見えないんだよな」と偉いんだか偉くないんだか分からないことを口にした。

　またある日、小説の表紙デザインの確認をした帰り道にタクシーに乗ると、その運転手はとても機嫌が悪かった。

「最近、タクシーの台数増えちゃって大変ですよね」と水を向けてみると、「そうなんですよねえ」と急に声が大きくなる。「完全歩合《ぶあい》だから、台数が増えても会社はそんなに困らないんですけどね、運転手はたまったもんじゃないですよ。タクシーはもう、年金もらいながら、とか、農業やりながらとかじゃないと、とてもじゃないけど食っていけないですね」

「そういうものですか」

「だからさ、散々待ったあげくに、行き先がワンメーターとかだと、はっきり言って、腹が立つんですよね」

僕のことを怒ってるのですね。と確認したかったが、やめた。得るものは何もない。

別の日、僕は、自分の小説の宣伝活動のために、東京に行って、それで帰ってきたのだが、その時にもタクシーに乗った。乗ったと同時に、出版社の担当者から電話があり、僕は車内でそれに出た。先日送った原稿をゲラにしますね、とそんな用件だった。ゲラはいつ届きますか、と確認する。

「お客さん、どういう仕事をしてるの？」電話を切ると、運転手が訊ねてきた。

「はい？」

「今さ、ゲラ、とか言ってたでしょ。ゲラってあれでしょ原稿とかそういうんじゃないの？　だから何の仕事してるのかなあとか思って」恐縮した様子を見せつつも運転手は気さくに言ってくる。

「ライターをやっているんですよ」と僕は答えた。最近は仕事を聞かれると、いつもそう言うことにしていた。小説家という言葉の持つ雰囲気は、僕の現状よりも偉そうな気がするし、以前、知人に、「本を作るのにいくらかかるの？　ああいうのって、家にたくさん余ってるんでしょ。一冊もらってあげるよ」と言われて以来、「小説を書いている」とはなかなか口に出しにくくなっていた。それに比べると、ライターというのはとても漠然としているし、理解を得やすい気がする。

「ああ、そうなんだ。でもさ、ゲラってどういう意味なのかねえ」

「僕も分からないんですよ」

どこかでその説明を読んだ気がするけれど、実際のところは知らない。ただ、何か答えたほうがいいのかな、と思い、以前、担当者が言っていた言葉をそのまま口に出した。デビューの時から面倒を見てくれている、その担当者は確かこう言っていた。

「意味は分からないですけど、ゲラって、ゲって付くから、ドイツ語ですかね」

「え、そうなの？」タクシー運転手は拍子抜けをしたような様子でもあったが、そのうちに、「でもさ」と口を開いた。

「ええ」

「ラが付くから、フランス語かもしれねえぞ」

かもしれないですねえ、と僕はうなずいた。ゲ、ラ、二文字なのに、ドイツ語だったりフランス語だったり、ややこしいですね、と。

さらに別の日、僕の書いた小説が賞に落選した、ということでそれを理由に、何人かの人たちが居酒屋に集まった。その帰りに僕は、また、タクシーに乗った。

「最近、タクシーの台数が増えたそうじゃないですか、大変ですね」と運転手に話しかけた。そう言うとたいがいの運転手は、「そうなんだよ、まいってさ」と話に乗ってくれるのだけれど、その時は少し違って、「まあねえ、でもさ、愚痴ってもしょうがないからね」と運転手は笑った。白髪の目立つ初老の男性で、目尻に優しそうな皺《しわ》があった。強がっているのではなくて、達観している風でもある。

聞けば三十年はタクシーの運転手をやっているらしくて、「バブルの時は凄《すご》かったですか？」と訊ねると、「凄かったねえ」と昔食べた思い出の料理を思い返すような言い方をした。

「とりあえずね、走らせてれば客がいたからね。東京まで乗せてったこともあるし」

「東京まで、ってずいぶん、贅沢《ぜいたく》ですね」

「でももう、そんなことないしね。仙台ってようするに、夜は国分町しかないんだよ。

繁華街が。だから、タクシーはみんなそこに集まるしかないし、帰る範囲だって、高が知れてんだよなあ。利府町《りふちょう》まで帰る客も今は滅多にいないからね」と仙台市を少し離れたところに位置する、町名を口にした。

「やっぱり不景気だからですよねえ」

「まあね。でも、別の県から来た運転手に聞いたんだけどさ、オンブズマンってあるだろ？　あの県庁とか役所の無駄遣いを調べたりするさ」

「ああ、ありますね」

「そのオンブズマンが、役所の交際費だとか全部、チェックしたんだってさ。で、節約できるところを洗い出すだろ。接待費とか、交通費とか」

「まあ、そうなるでしょうね」

「そうしたら、近くの飲み屋はばたばた潰れるし、タクシーの運転手もやっていけなくなったんだってよ。そうなると、またさらに景気は悪くなるよな」

「悪循環ですか」僕が答えると、運転手も、「そうそう。でもまあ、だからと言って、無駄遣いしろってのも変な話だしな」と悩ましげに答える。「どうにもなんねえんだな」

「でも、運転手さん、すごく穏やかな感じですね」と僕が言うと、「まあ、あのバブルの時に、金を貯《た》めなかった自分がいけなかったんだなあ、って思ってるからさ。しくじったんだよな。だって、バブルの時は誰もバブルだなんて言わねえから、永遠に続くと思ってたんだよ。誰か言ってくれれば、貯金してたのにさ」

数ヶ月前に乗ったタクシーの運転手は、僕が話しかけるよりも先に、どういうわけか映画の話題を口にした。短髪で、まだ、タクシー会社に勤めて一年目、という若い男性で、僕と同じくらいの年齢だったのかもしれない。

「この間、タクシー運転手が、殺し屋を乗せる映画を観《み》たんだけどさ」

「マイケル・マンの『コラテラル』ですね」僕も劇場で観ていたから、すぐに分かった。

「それそれ」運転手は、すでに、親しい友人のように馴《な》れ馴れしい口調だった。「あれさ、評判悪いみたいだな」

「らしいですよね」

雑誌を見ても、知人の感想を聞いても、貶《けな》している言葉ばかりだった。曰《いわ》く、主役の殺し屋が有名俳優だけに嘘《うそ》臭い。曰く、映像が綺麗《きれい》だけどミュージッククリップみたいだ。曰く、筋書きが古臭い。ただ、僕自身は気に入っていたため、運転手にも、「僕は好きだけど」と正直に言った。

運転手は喜んだ。「俺も好きなんだよ。あれ、何であんなに貶されてるのかな」

さあ、と僕は答える。あの映像はとても綺麗であったし、映画冒頭のタクシー運転手と女検事との会話なんてとてもいいじゃないか、と僕たちは感想を言い合った。

「ただ、あの殺し屋、凄腕って設定のくせに、タクシーに乗ったりして、そこが間が抜けてててリアリティがない、って批判もあるみたいですよね。それは僕も感じたんだけど」僕がさらに続けると運転手は、「ば」と音を破裂させるように、言った。「馬鹿じゃないのか。あれは、最終的に殺しの仕事が全部終わったら、タクシー運転手に罪を全部おっ被《かぶ》せて、処分するつもりだったんだろ。ああやって、タクシーに乗って、罪を運転手になすり付けるのが、あの殺し屋のスタイルなんだよ」と興奮した。

「あ、そうだったんですか」

「映画の中でちゃんと、説明がされてるんだよ。以前の事件でタクシー運転手が死んでるってさ。伏線もあるんだよ」

「そういえば」

「そこを見落としておいて、批判されたら堪《たま》ったものじゃないよ」

僕はその運転手の力説、というか、親身の弁護ぶりに、気圧《けお》されながら、客に向かって、「馬鹿じゃないのか」という言い方は凄いなあ、と感心もした。それから、あまりにその映画に肩入れするその態度に、もしかしてこの運転手がマイケル・マンだったりして、と疑いたくもなったけれど、プレートに書かれていた名前は当たり前ながら、全然、違った。

昨日、乗ったタクシーの運転手は女性だった。駅前のホテルで取材があり、その帰りだった。四十歳だという運転手は、旦那さんが単身で東京で働いていて、だからその彼がいない間を利用し、タクシー運転手をやっているらしい。すでに働きはじめて三年目で、やはり、「タクシー業界はおとしから最悪になったんだよねえ」と規制緩和による、台数激増を愚痴った。「緩和された途端に、どっと台数増やしちゃって、本当に馬鹿よね。規制緩和っていうのはさ、台数を増やしてもいい、ってだけで、増やさなくちゃいけないわけじゃないのに、みんなばんばん増やして。今はもう、全然、稼げないし、新しく勤め出した人もたいがいすぐに辞めていくよ」

「そんなに稼げないんですか」

「びっくりするよ。こんなに稼げないなら、先に言ってくださいよとか悲鳴を上げてね、みんな辞めてっちゃう。ただまあ、今までやってた運転手はね、他にやる仕事もないからね、結局やってるんだけど。この間、仙台のタクシー会社が、仙台では規制緩和の引き締めをしてください、って国に頼んでたけど。変でしょ。緩和しといて、次は、引き締めてくれ、なんてさ」運転手は言いながらも暗さがなくて、快活な様子でもあった。

「タクシーとかだと、やっぱりいろんなお客さんが乗るんですよね」僕はとりあえず、話題を変えることにした。酔った人とか我儘《わがまま》な人とかもいるんでしょうね、と。もしかすると、そういう厄介な客に比べれば、僕は客として優等生じゃないですか、と確認したかったのかもしれない。

「そうだねえ、いろいろだね」と運転手は言い、それから、「そう言えば」と張り切った声を出した。「さっきね、偶然なんだけど、昔の恋人が乗ってきたんだよ」

「え」と僕は大きな声を上げた。「それは凄い」

「もう、十五年ぶりくらいでね。最初は気づかなかったんだけど、あんまりにも外見が変わってないから、ミラーを見てて気づいて。思わず、名字を呼んじゃったんだけど」

「本人だったんですか」

「本人だったのよお」運転手は急に若返ったのか、心なしか横から見える肌も艶々《つやつや》していた。

「運転手さんは、ふられたほうだったんですか、ふったほうだったんですか？」

「それがね、二人とも自分がふられたんだと思い込んでてね、可笑《おか》しかったわよ。記憶がごちゃ混ぜになってたのかしらねえ。とにかくね、その時ちょうど街中が渋滞してたから、ゆっくり話ができて楽しくて」

「偶然ってあるものなんですね」

「あるんだねえ。本当にびっくり。でもね、彼が、タクシーの仕事はどうだって聞いてきて、ちょっと困ったのよ」

「困ったんですか？」

「だって、久しぶりに会って、景気の悪い話なんかしたくないじゃない。見栄もあるしさ。とりあえず、タクシーは景気に左右されないから、のんびりと仕事をしてるって言ってさ」

「嘘じゃないですか」僕は噴き出してしまう。

「なんだけどね、でも、それくらいいいかなあ、と思って。十五年ぶりなんだし、次にいつ会うかも分かんないんだし」

「まあ、そうかもしれないですね。で、その彼は何て言ってました？」

「笑っちゃうんだけどさ」運転手が困惑しながらも、微笑《ほほえ》む気配があった。同時に窓の外の景色が止まった。信号に引っ掛かったらしい。「彼ね、タクシーを降りるときに、実はと言ったのよ。実は、会社を辞めるつもりなんだけれど、何をやろうか悩んでいたんだ、って。で、君に聞いて良かった。タクシーの運転手をやるよとか言い出して」

「冗談ではなく？」

「本気、本気。たぶん、彼もそのうち、言うわよ。こんなに稼げないなら、先に言ってくださいよって」

でしょうね、と僕は相槌を打つ。

というような、過去のタクシー運転手とのやり取りを、僕は、今乗っているタクシー内で、運転手に話していた。目的地まではかなり距離があったため、話題を提供する必要があるように感じたからだ。

が、運転手はあまり興味はないらしく、黙っていた。むっとしたわけではないが、居眠りしているのではあるまいな、と心配になったので、「もしもし、聞いてますか？」と確認をしてみる。

運転手は、「いや、ちょっとな、前の車の運転手が携帯電話で話してて、それが気になってるんだ」と低い声を出した。まだ日も高く、前方車両の様子はよく見えた。

「携帯電話を使うのって、確か、違反ですよね？」

「違反だよ、違反。俺さ、ああいうのが許せないんだよな」

「警察が見つけてくれればいいですね」

「その前に、俺が通報してやるかな」運転手は真剣な口調で言うと、ハンドブレーキの近くに置いていた携帯電話を手に取り、本当に警察に電話をかけるような素振りを見せた。

僕は慌てて、「そんなことをしたら、運転手さんも違反じゃないですか」と指摘しようとしたが、運転手の目つきに迫力があったので、口をつぐんだ。

タクシーが多すぎですよねえ、と僕は誰に言うでもなく、窓の外を眺めながら、呟《つぶや》いた。

見知らぬ知人が多すぎるⅠ

2006.4.10

「街を歩いていて、声をかけられたことはありますか」と取材にやってきたライターさんに訊ねられることがある。ようするに、写真が新聞に載ることもあるのだから、仙台の街を歩いていると、読者に呼び止められることもあるだろう、という話だ。

「あんまりないですよ」

「あんまり、ってことはゼロじゃないんですね」

確かにゼロではなかった。喫茶店や書店で、もしくはバス停で、「本を読んでいますよ」と話しかけられることは何度かあった。いつも、どうして良いのか分からずに動揺するほかないのだが、とはいえ、声をかけるほうもきっと勇気が必要だろう、と考えると、ありがたいことだとつくづく思う。

今年のはじめ、あるロックバンドのライブに行った時には、ライブハウスの入り口で、突然、若い男の子に、「あ、伊坂さん」と軽快に声をかけられて驚いた。「本、読みましたよ！」というあっさりとした言い方は、昔からの友人や知人が、「本出したんですね。読みましたよ」と言ってくれる時とよく似ていたため、「あれ、誰だっけ。会社の後輩じゃないし」と一瞬、頭を悩ませた（本当に）。そうしているうちに彼は、「ライブ、行くんですか？　じゃあ」と階段を降りて行った。そこに至りようやく、どうやら、読者の一人らしい、と気がつく。ライブが終わった時にも、彼は僕に気づき、「良かったですよねー」と声をかけてくれた。友人同士の会話のようだった。

デビューした直後に、僕の本を買っている人を見かけたこともあった。書店のレジで並んでいると、すぐ前にいた老人が、『オーデュボンの祈り』の会計をしていたのだ。「凄い！」と感動するとともに、当時、今よりもずっと知名度が低かった僕の、しかも案山子《かかし》が喋《しゃべ》るような突拍子もない小説を、どうしてこんな年長者が買おうと決心してくれたのか、と気になったのも事実だ。案山子に思い入れでもあるのか、それとも、地元の作家ということで応援してくれるつもりだったのか。

次のようなこともあった。

仙台の小さい映画館で、僕は妻と一番後ろの席に座っていた。まだ開演までには時間があり、座る姿勢などを整えていたのだけれど、ちょうど前にいた若い男性が大きい帽子を被っているのが目に入った。

舌打ちしそうになる。映画館で困ることや腹の立つことは非常に多いが、前列の客の髪型や帽子が邪魔で、画面が隠れてしまう、というのもその一つだ。人に苦情を言うのは得意ではなく、揉《も》め事《ごと》も避けたい。気が引けたのだが、このままでは映画に集中できないかもしれないと決心し、今のうちに、と前の客に声をかけようとした。「帽子、取ってもらってもいいですか」とお願いをするつもりだったが、少し前かがみで前列を覗《のぞ》き込んだところ、その客の、開いた鞄《かばん》の中に、『重力ピエロ』の背表紙が覗いているのが見えた。慌てて、座席にもたれて、息を静かに吐く。

まさか僕の本を持ち歩いている人と遭遇するとは思ってもいなかったから、僕は動揺した。ここで帽子に文句をつけ、「嫌な作者だ」と思われたらまずいだろう、と損得の計算までした。結果、そのまま、そっと別の席に移動することにした。

またある日、仙台の街をふらふらと歩いていた時のことだ。朝の八時から喫茶店で小説を書き、二時間以上経《た》っていた。宅配便が届く予定だったため、早めに家に戻ろうか、とウォークマンを聴きながら歩いていると、前方からやってきた若い女の子が、僕を見て、「あ」というような顔を見せた。乗っていた自転車にブレーキをかけて、止まる。「あ、ばれたのだな」と僕は咄嗟《とっさ》に思った。きっとこの彼女は、僕の本を読んだことがあり、どこかで見かけた顔写真を覚えているのだな、と。そうか僕の知名度もずいぶん上がったのだな、とそんな気分になる。

耳からイアフォンを外し、なるべく相手に不快感を与えないほうが得だぞ、何と言っても読者なんだから、とずるい計算をしつつ、「はい、何でしょうか」と穏やかに返事をした。いまだかつて、路上でサインを求められたことはなかったが、これはいよいよそうなるかもしれないな、と覚悟を決めた。

が、にっこりと微笑んだ彼女の口から飛び出したのは、「お兄さん、何帰り？」と言う台詞《せりふ》だった。

「はい？」

「お兄さん、何帰り？」

この時点で僕は、彼女が単に、何かの勧誘か相談で通行人の自分に声をかけてきただけなのだ、と気づいた。自らの知名度を過大評価したことが恥ずかしくて仕方がない。

ただ、それとは別に、疑問もあった。朝の十時過ぎという時刻は、たいがい、いい年をした男性は働いている時間であるし、「帰る」というよりはむしろ、「行く」時間帯なのだから、いきなり、「何帰り？」と軽やかに訊ねられても、みんな困ってしまうのではないだろうか？　そもそも、「何帰り？」の回答には何があるのだろうか。思いつくだけでも、「朝帰り」であるとか、「学校帰り」であるとか、それくらいではないか。もしかするとあれなのか、僕が勝手に、「帰り」と聞き取っただけで実は彼女は、「先祖がえり」であるとか、「とんぼがえり」のような答えを期待していたのだろうか。

僕は仕方がなく、曖昧《あいまい》にぼそぼそと、「家に帰ります」と、これはもちろん嘘ではないのだが答えた。

すると彼女は手に持ったデジカメを見せ、「写真撮らせてもらっていいですか？」と来た。

「はあ」

「今、ネットで、パーティとかの企画をしているんですけど、どういう男性が参加していますとかそういうのを載せたいんですよね。で、写真とかあると分かりやすいじゃないですか」

「でも、僕は参加してないんですけど」

「いいんですいいんです、サクラというか、枯れ木も山の賑《にぎ》わい的な感じで」

「みんなサクラだったら、誰もいないパーティになっちゃいますよ」

「お兄さん、可笑しいですね」と彼女は笑うが、その時点ですでに、僕の年齢が予想以上に上であることと、安っぽい服を着ていることを察した様子だった。「まあ、嫌ならいいですけど」とトーンダウンした。

「あ、そうですね、すみません」と謝り、僕はその場をそそくさと退散する。恥ずかしさから若干、早足になった。

そしてまた、別の日のことだ。今度は朝の喫茶店にいた時だった。ノートパソコンを開き、かちゃかちゃと一心不乱に小説らしきものを書き進めていた。

すると、右隣の婦人が、僕のことをしみじみと眺めているではないか。またしても僕は、「この人も僕の本のことを知っているのだな」と思った。

いったんキーボードを叩《たた》くのをやめる。

隣の婦人が、「ねえ」と話しかけてきた。

「はい」と僕は応じる。

「上手にパソコン使うのねえ」

「はい？」

「いや、指を動かすのとか速いし、そういうのって練習するものなの？」

「あ、いや、一応仕事なので、慣れるんですよ」僕はやはり自分の思い込みに恥ずかしくなりながら、しどろもどろになる。

「わたしも習いたいんだけど」

「確か、市とかで、パソコン教室とかってなかったでしたっけ？」僕は以前、一般市民のためのパソコン講座のようなものの案内を見たことがあったので、口にしてみた。

「あら、そう」

「確かありましたよ。もしかすると、メールとかインターネットの使い方しか教えてくれないかもしれないですけど」
「今度、気をつけて、市政だよりを見ることにするわね」と彼女は言って、そして、「仕事の邪魔してごめんなさいね」と丁寧に付け足した。

そういえば、僕は引越しをするたびに、お気に入りの喫茶店が変わるのだが、数年前は、ある全国チェーンの喫茶店を梯子《はしご》し、仕事をしていた。

平日の午前中にいるのは、たいがい、出社前の会社員やお年寄り、もしくは勉強中の学生たちで、僕のような、「いい年をした私服の男」というのは意外に珍しく、だから、そういう客がいるとやはり、「年齢および職業不明の男」として、印象に残る。

当時、僕はその、よく見かける、「年齢および職業不明の男」に対し、半ば同志のような思いを抱いており、名前はもちろん知らないため、便宜上、心の中では、ナンバー1、ナンバー2、ナンバー3と名づけていた。つまり、三人いた。

ナンバー1は、恰幅《かっぷく》のいい、白髪混じりの長髪で、どこかスティーブン・セガールの趣があった。会社の重役を引退したばかりという風格で、堂々と歩く姿には貫禄《かんろく》が滲《にじ》んでいた。いつも窓際の席でコーヒーを飲み、悠々自適の気配を漂わせ、渋くて恰好いいなあ、と思った。

ナンバー2は少し変わっており、年齢は四十代後半くらいだろうか、ある時は突然隣の客に話しかけたり、ある時は手元の紙にデッサンをはじめたり、と奇妙な芸術家の雰囲気だった。店内を歩く姿は、何か忙《せわ》しなかった。

ナンバー3に至っては、さらに謎めいており、パジャマに近い軽装でお店にやってくると、すぐに熟睡をはじめ、もしくは、テーブルの上に紙幣を並べ、勘定をはじめた。おそらく、朝方までどこかで商売をしていたのだろうな、とは想像できるが、詳細までは分からない。

とにかく、僕は店に行くたびに、「あ、ナンバー1がいるな」であるとか、「ナンバー3は今日、いないんだな」であるとか、勝手な仲間意識を持ち、考えていた。そしてある時、週末に駅前のアーケード通りを妻と歩いている時に、「あ」と声を上げて、立ち止まってしまったことがある。

「どうしたの」と妻が訊ねてくる。

僕はそこですれ違ったばかりの男性の背中を眺めながら、「今のが、ナンバー3だ」と説明をした。いつもは喫茶店でしか会わない相手だったので、一瞬判断が遅れたが、でも、間違いなかった。

「こんな場所で、会えるとは思わなかった」

「向こうも驚いていたりして」と彼女が言う。

彼らは、僕のことをナンバーいくつだと認識しているんだろうか。ふと気になった。

消えるお店が多すぎる

2006.7.14

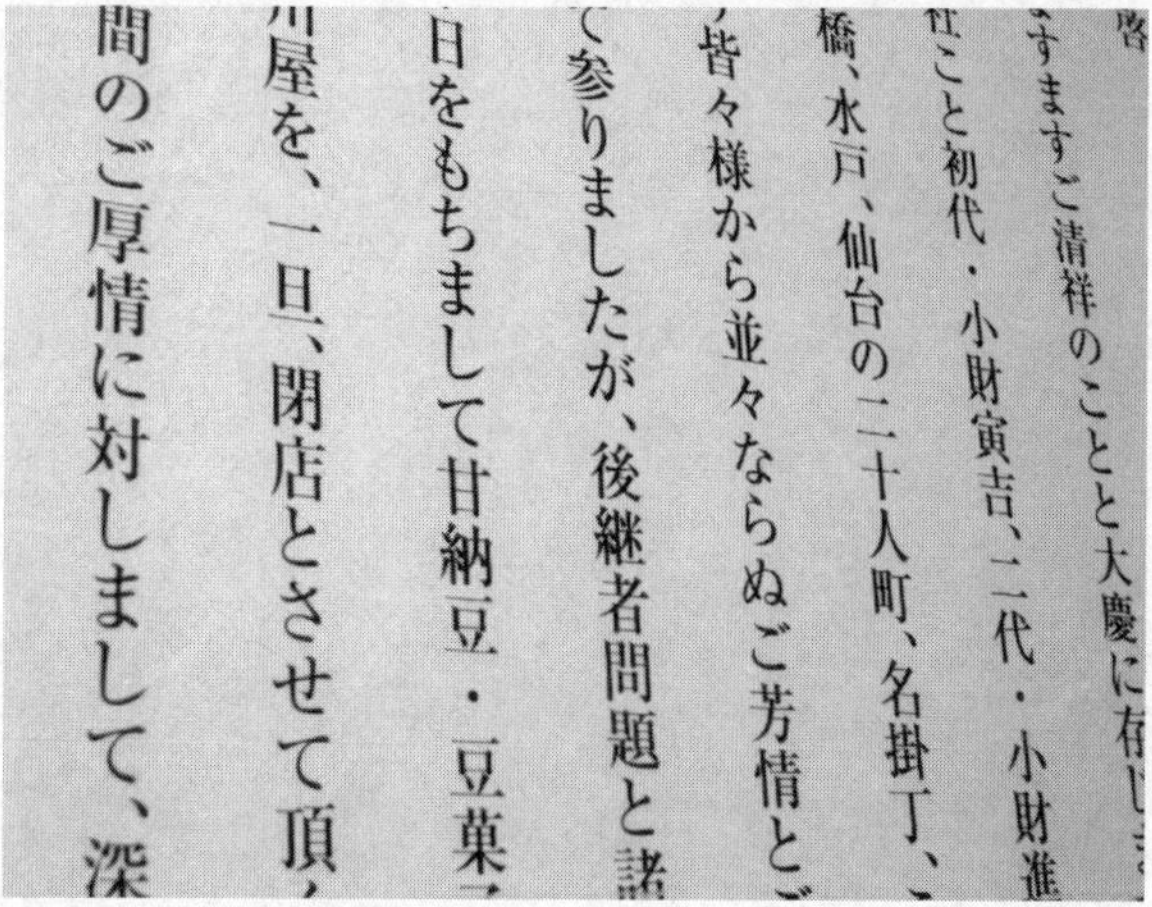
啓
すますご清祥のことと大慶に存じ
社こと初代・小財寅吉、二代・小財進
橋、水戸、仙台の二十人町、名掛丁、
皆々様から並々ならぬご芳情とご
て参りましたが、後継者問題と諸
日をもちまして甘納豆・豆菓
屋を、一旦、閉店とさせて頂
間のご厚情に対しまして、深

年齢の半分近くを、仙台で過ごしている。厳密に言えば、生まれてからの最初の何年かは物心がついておらず、役に立つ記憶も思い出もないわけであるから、実質的な生活の年数で言えば、仙台での「時間」のほうが長いのかもしれない。

仙台の街中を歩いていたら、ある店舗のシャッターに貼り紙がされていた。「長い間のご愛顧に感謝します」とあるから、閉店したらしい。あらら、と思いつつも、僕自身はその店に足を踏み入れたことがなかった。紳士服と婦人服のどちらを扱っているのかも分からなかった。そもそも、その貼り紙を発見するまで、そこが洋服店であったことも認識していなかった気もする。だから、特別な無念さはなかったが、この店の主人もきっと開店当初は期待に胸を躍らせ、店舗が客で賑わう状況を想像していたに違いない、と考えると少し、つらかった。シャッターがとても寂しげに見えた。

そこでふと、自分が仙台にやってきてから、なくなってしまったお店は結構あるなあ、と考えた。

僕の大学時代と今では、景気の具合も違うし、流行も変わっている。なくなったお店や物たちのことを考えてみれば、仙台という街の大きな流れのようなものが観測できるかもしれない。それを期待しつつ、消えたお店のことを並べてみる。

東一番丁通りはずいぶんと変わった。十数年前に大学受験で、はじめて仙台へやってきた時、「このへんに本屋はありませんか」とホテルの人に訊ねたところ、教えてくれたのが、東一番丁通りにある書店だった。フロントのスタッフは、「そのアーケード通りが、仙台の一番の繁華街なんですよ」と説明してくれた。その日、東一番丁通りを訪れた僕は、清潔感に溢《あふ》れ、店が立ち並ぶそのアーケードを歩きながら、「賑やかだなあ」と驚いた。そのことをよく覚えている。

当時、その東一番丁通り沿いには書店が、七軒はあったと思う。数え間違えていたら、申し訳ないが、たぶん、七軒。本は好きだったから、学生時代の僕はどの書店にもよく行った。ファッションビル「FORUS」の書店はワンフロア全部を使い、広々としており、外のウィンドウには、「東北最大規模」なるコピーがあった。が、それもいつの間にか消えた。コピーだけではなく、店舗ごと消えた。

通りの南側には丸善《まるぜん》があって、学生の頃には、島田荘司《しまだそうじ》の新刊が出ていないか、と毎日通った思い出がある。当時はインターネットなどなく、本の発売日は曖昧で、おまけに僕は暇だった。「新刊が出るぞ」という予告を雑誌で見かけて以降、原付きバイクで丸善を訪れ、新刊コーナーを眺めては、がっかりする、ということをほぼ一ヶ月近く、繰り返した。大学の講義の合間に、川内《かわうち》キャンパスから、丸善まで毎日、往復した。しかも、最終的にその本を発見したのは、丸善ではなく別の書店だったのだから、悲しい気分にもなった。

その丸善は結局、ビル自体が取り壊しになるから、という理由でそこから撤退し、跡地は今や、巨大な駐車場になっている。もちろん島田荘司の新刊は置かれない。

書店も今では、二軒だ。

お気に入りだった、コーヒーショップも消えた。東一番丁通りの、あるチェーン店だ。そこは、通りから眺めると狭い店内に見えるのだが、実際に中に足を踏み入れ、二階へ上がると、広々とし、とても雰囲気が良かった。行くたびにカードにスタンプを押してくれ、何個か集めると好きな飲み物一杯をサービスしてくれる、というシステムも良かった。「どんな飲み物でも、どんなサイズでも、一杯サービス」という太っ腹な感じがとてもいい。僕はこつこつと、一番安いコーヒーを毎日注文し、スタンプを溜《た》め、カードが埋まった暁《あかつき》には、「もっとも値段が高くて、もっともサイズの大きい飲み物」を頼む、という作戦を決行し、悦《えつ》に入《い》っていた。

それが、ある朝、いつものようにレジでカードを渡したところ、「あの、実は、今月で、閉店するんですよ」と言われたから、驚いた。

「じゃあ、このカードは？」

「ここでは使えなくなりますね」

「仙台ではほかに、お店、ありますか？」僕はさほど、そのスタンプに執着していたわけではなかったが、話の流れ上、そう訊ねずにはいられない。

「仙台にはないので、東京に行かれた時などに」彼女は恐縮した。

「あ、なるほど、東京にね」一杯サービスのスタンプを溜めるために、新幹線を使ったら、割に合わないでしょうね、とは言わなかった。その後でいつものように、二階の席にいると、常連客らしき年配の男性が、「閉店しちゃうんだってねえ」と残念そうに店員に話しかけていた。

「そうなんですよ。わたしもついこの間、閉店のことを知ったんです。残念ですけど、でも、お客さんには恵まれていました。いいお客さんが多くて」とはっきりと応える店員はとても優しく感じられ、毎朝、コーヒー一杯で二時間近く粘り、パソコンをいじっている僕は、その、「いいお客さん」の範疇《はんちゅう》に入っているとは思いにくかったが、でも、ありがたい言葉だった。

その日、妻に伝えると彼女も、「あのお店、良かったのにねえ」と残念がった。

「そうだよな。空《す》いてて、隠れ家的だったし」

「空いてて、隠れ家的だったら、そりゃ、閉店するよね」

その通りではある。

「アーミーズ」なる、アイスクリーム屋がなくなったのも、僕にとっては事件だった。ビルの一階と二階を使ったそのお店は、飲み会の帰りに立ち寄る客でいつも賑わっていたように見えたし、何よりもそこの、ササニシキアイスはとても美味しかった。周囲の友人たちにも、「あれは美味《うま》い」と好評で、ファンが多かった。どうして店ごと消えてしまったのかいまだに分からない。こちらは、空いてるわけでも、隠れ家的でもなかったはずなのに、だ。いまだにあのササニシキアイスの美味しさは忘れられない。松島や福島、盛岡、と美味しいジェラート屋があると聞けば、妻と一緒に食べに行き、別のメーカーの、ササニシキアイスであるとかコシヒカリアイスというものが存在すると知れば、買って食べてみたものの、やはり、「アーミーズ」のササニシキアイスに匹敵するものには出会えていない。復活してくれることを祈っている。

映画館も書店もずいぶん入れ替わりがあった。学生時代に好んで訪れていたところは大半が消え、昔よく通ったレンタルビデオ店も今や、バイク屋さんになっている。肩を落とすほどではないが、でも、「そうか」と悲しみを覚える。だから、十年以上も前によく通っていたお店の前をたまたま通りかかり、まだ、営業しているのが分かると、どこかほっとする。

そういえば、とそこで思い出した。

「ミルクコーラはあるのだろうか？」

僕の通っていた大学の文系講義室のそばに、小さな喫茶店があった。コーヒーが飲め、モーニングセットのようなものもあり、学生の頃は時折そこで雑談をしたり、もしくは一人で行って、本を読んだ。

そこに、「ミルクコーラ」なるメニューが用意されていた。

最初に見つけたのが誰なのかは忘れてしまったが、とにかく、テーブルの上に置かれたメニュー表の、飲み物の一覧にあったのだ。他のコーヒーやコーラなどの中に、平然と書かれているものだから、まるで気づかなかったけれど、確かにあった。

「ミルクコーラ？　何だよそれ」

友人たちと、様々な想像を広げた。たとえば、「これは、ミルクコーヒーの誤記で、実際はコーヒー牛乳のようなものなのだ」であるとか、たとえば、「コーラにアイスが乗ったようなものだ」であるとか、たとえば、「誰かが悪戯《いたずら》で書いただけだ」であるとか。ただ、そのような変わった飲み物があるのならば、こんなひっそりとメニューにあるのも奇妙だと僕たち全員が思った。もっと大々的に、せめて、赤色で囲み、アピールすべきではないか、と。

その日だったのか、別の日だったのか、僕たちはミルクコーラを注文した。代表し、誰かが、一つだけ。恐る恐るストローで飲んだ彼は（たぶん、僕ではなかった気がする）、不思議そうに首を捻《ひね》り、「うーん、牛乳だな」と言った。そして、少し経ってから、「あ、コーラっぽいぞ」と驚いた。ようするに、「はじめは牛乳としか思えないが、喉に入る直前、炭酸の味が滲むように現われる」ということだった。僕たちは慌てて、全員で回し飲みをした。

「なるほど」

彼の言う通りだった。牛乳とコーラのブレンド、というよりは、牛乳とコーラを別々に飲んだかのような飲み心地だった。

「なるほど」僕たちはもう一度言い、顔を見合わせ、うなずく。

「まずくはない」

「そうだな、まずくはない」

かと言って、これからも注文したいかと言えば、やはりそこまで思えるほどではなく、これはもう二度と頼まないだろうな、と僕は思った。

まだ、ミルクコーラはあるのだろうか。

無性にそのことが気になりはじめた。僕自身は、「気になりはじめると、いてもたってもいられない行動派」ではない。ただ、どういう気紛《きまぐ》れだったのか、確かめに行こう、と思い立ち、それで久しぶりに東北大学のキャンパスへと向かうことにした。

法学部のある敷地はどこかどんよりとした、華やかさに欠けた印象で、舗道を歩きながら、「変わってないな」と懐かしさを感じる。この様子であれば、喫茶店も昔のままで残っているに違いない、と自信を深め、目的の場所へ向かった。

すると前方に、見たこともないような洒落《しやれ》た色合いの店があった。「あ」と声を上げてしまいそうになる。殺風景極まりない、シンプルな内装だった喫茶店が、何とも洒落た店になっていたのだ。その隣にある学食も、だ。

戸惑いと寂しさを感じつつ、喫茶店に入る。少々、混みあっていたが、奥の席に腰を下ろした。見慣れぬ店内は、懐かしいはずもなく、これでは単なる見知らぬ店ではないか、と呆《あき》れたが、そこで、「カウンターで注文してくださいね」と店員さんから言われた。十年前は通常の喫茶店同様、店員さんがテーブルまで注文を取りに来てくれたはずだ、とそんな細かい差異にいちいち引っ掛かるのは、やはり、僕も年を取った証拠なのだろう。言われるがままにレジへ行き、メニューを眺めた。

結論から書こう。ミルクコーラはあった。

これだけ装いも変わり、メニューも整理された今となっては、ミルクコーラが残っているわけがないと思った。が、カウンターに置かれたメニューには、ドリンクバー、ミルクコーラ、ビール、と三つの品名が並んでいた。つまり、ミルクコーラは、三本柱の一つとして記されていたのだ。大学でビールかっ、という別の驚きもあったが（店員さんによれば、四月に改装して以降、一度も注文がないらしい）、とにかく、ミルクコーラが堂々と残っていたことに、感動した。

「これ」ミルクコーラを指差すと、店員さんは、「うちの名物なんですよ」と笑った。「いつも来るお客さんで、これしか頼まない人もいます」

軽いショックを受けた。地味で目立つことのない友人が、実は、有名な役者だと分かったかのような、もしくは、自分だけがファンだと信じていたロックバンドが紅白歌合戦に出場すると知ったかのような、そんな感覚に襲われた。やるなあ、ミルクコーラ。この十年、おまえも頑張ったんだな、と。

運ばれてきたミルクコーラは、僕が覚えていたものと似ているような、似ていないような、そんな外見だった。ストローで掻《か》き混ぜると、何とも言いがたい色と風情を見せた。口を付け、飲んでみる。

コーラの味が少し、マイルドになり、美味しい。

うん、美味しい、と内心で呟きながらも、やはりどこか、昔飲んだものとは異なっているようにも感じる。記憶というものは、常に変化し、誇張や嘘が混じるものなのだ。

今回、このエッセイの序盤に、「仙台という街の大きな流れのようなものが観測できるかもしれない」と大きいことを書いたにもかかわらず、最終的には、小さな喫茶店の、ミルクコーラなどという、瑣末《さまつ》な話題になってしまい、少々、ばつが悪い気分ではある。

ただ、様々な物が新しくなり、消えゆく中で、ミルクコーラが残ってたよ、というのもそんなに悪い話ではない。

機械まかせが多すぎる

2007.1.31

車を買い換える。今、乗っている軽自動車は、結婚した際に中古で購入したもので、それなりに年式は古かったが、外見が可愛《かわい》らしい上に、こぢんまりとし、気楽に運転ができたため、愛着があった。まだまだ乗り続けるぞ、と当然のように思っていた。ただ最近になり、ブレーキを踏むと変な音を発しはじめ、もうそろそろ次の車検が来る、ということもあり、それならばいっそ新しい車を買おうと決断した。

「軽自動車で、マニュアル車」

条件はその二つだけだった。僕も妻も、車に対してこだわりがほとんどなく、性能などまるで分からないものだから、「軽自動車は、自動車税がびっくりするくらいに安い」という先入観から、軽自動車にすると決めていた。さらに、マニュアル車しか運転したことのない僕たちとしては、オートマ車はどこか怖く、これはほとんど言いがかりに近いのだが、「運転している最中に、クラッチも踏まず、シフトチェンジもしないのだとすると、手持ち無沙汰で、飽きてしまうのではないか」という思いもあった。

というわけで、その二つの条件をもとに、各メーカーに連絡を取った。

するとことに、このたった二つの条件だけで、ずいぶんと車種を限定することができたのだ。つまり、「軽自動車かつマニュアル車」が今はあまり存在していないらしく、裏を返せば、「軽自動車はだいたい、オートマ車」ということになるようだ。

友人に話を聞けば、「もう、いい加減、オートマにしたほうがいいよ」と馬鹿にされ、たまたま顔を合わせた父親には、「一回乗れば、オートマが良くなるぞ」と言われた。「マニュアル車に乗る意味が分からない」と。

僕はあまり、ものごとにこだわりがない性格だが、時にはむきになる。何でもかんでもオートマチックな世の中で、それでいいのだろうか？　ここは強い意思を持って、マニュアル車を購入しようと決意した。

考えてみれば、いまどきは何でもかんでも機械まかせだ。

たとえば、魚を焼くグリルだ。

うちの台所には、ＩＨヒーターなるものがつき、このグリルに、「自動」と書かれたボタンがついている。

これを知った時は、かなり驚いた。

魚を入れ、ボタンを押し、「切り身」であるとか、「姿焼き」であるとかの選択をし、ボタンを押せば、あとは、両面を焼いてくれる、というわけだ。

「馬鹿な」とはじめは思った。それまでの僕の認識では（僕が今まで住んできたアパートのコンロでは）、網の上に魚を並べ、火をつけた後で、ちょくちょく様子をうかがって、「もう、いいかな」と焼け具合を確認し、B面にひっくり返し、また時間を見て、ちょくちょく確認しなければならなかった。つまり、人間が、魚の焼け具合をこまめに確認しつつ、完成させるものだと思っていた。

機械に、そのような細かい判断ができるのだろうか？　いや、できまい。

半信半疑で、「自動」を使いはじめたが、何度か使っていると、それなりに程よく魚が焼けることが分かる。機械が凄いのか、それとも魚の焼き方は、結構いい加減なものでも大丈夫ということなのかは判然としない。とにかく、自動で焼けることに僕は感動した。

機械が手取り足取り、手伝ってくれるという意味では、トイレもそうだ。最近は、前に立つと蓋が自動的に開き、「このトイレは、センサーに手を翳《かざ》していただくと、水が流れるようになっています」とアナウンスしてくるものまである。

大きな声でアドバイスをしてもらっても恥ずかしいため、できれば黙ってもらいたいと思うことも多い。というよりも最初は、その、手を翳すべきセンサーの場所自体が僕には分からず、思わず、「センサーってどこの？」と呟いてしまったが、その時は返事がない。黙ったままだ。親切なのか、不親切なのか、方針が分からない。

という話をしていたところ、ある人に、「機械まかせが嫌だと言ったところで、結局、君の仕事だって、パソコンがなくちゃできないわけだよね」と指摘された。

「確かに、パソコンがなかったら何もできないですからね。おしまいですよ」と僕は答えた。

まさかそのすぐ後に、本当にパソコンが壊れるとは思いもしなかった。

故障の原因はとても分かりやすかった。

落ちたのだ。

テーブルの上に、起動中のノートパソコンを置いていた。ふと物を拾おうと立ち上がった時に、コンセントコードに足が絡み、落下した。床にぶつかり、嫌な音が出た。

慌てて拾った時には、まだ余裕があった。それくらいの落下は、今までにも経験していたから、高をくくっていたのだ。

が、再びテーブルに置いたノートパソコンの画面には、見たこともないような歪《ゆが》んだ映像が映っており、そこではじめて、「まずいかも」と思った。恐る恐る電源を切り、再び、起動してみる。

しんとしている。

真っ暗で、左上にカーソルが点滅するものの、うんともすんとも言わない。「センサーに手を翳してください」とも言わない。

さすがに焦り、何度も何度も、試してみるが、状態は変わらない。

妻に事情を話すと、「仕事のデータは大丈夫なの？」と心配された。その時の僕は、地方紙の連載原稿に取り組んでいたからだ。

「大丈夫、大丈夫。最新版はないけど、ちょっと前に、バックアップを取っていたはずだから」と僕は答えた。嘘だった。大丈夫ではなかった。現実を直視したくないあまり、自分を落ち着かせるために吐いた願望のようなものだったのだ。確かにバックアップを取った記憶はある。ただ、それがいったい、いつのものなのかははっきりとした記憶がなかった。ちょっと前？　ちょっと、とはどれくらいだったか。

気持ちを落ち着かせ、別のパソコンを使い、バックアップしたと思われるファイルを読み込んだ。その日付を見る。

「あったあった」僕は泣きそうになる。「あったよ、一ヶ月前の原稿が」

つまり、この一ヶ月に書いたものがすべてなくなった。しばらく、呆然《ぼうぜん》とした。こまめにバックアップを取っていなかった自分を呪いもした。

一ヶ月分の原稿が消えたということは、この一ヶ月間、何もしないで、たとえば映画を見まくり、ゲームを夢中でやり、本やマンガばかりを読んで、とにかく仕事をまったくしないで過ごしていたのと同じことではないだろうか。

ああ、そうすれば良かった。

翌日、気を落ち着かせ、まずは、パソコンメーカーに連絡を取り、販売店の修理部門に持ち込み、相談した。

彼らはいちように、「ハードディスクの中身は諦めるしかないですね」と言った。

それでは困る。まさに、機械を過信していたつけが回ってきたとしか思えない。

親しい編集者に電話をかけて、「泣きそうですよ」とすでに泣いたも同然の声で相談した。

「それはつらいですね」と彼は言い、「データ復旧業者ってあるみたいですけど、とんでもない値段を取られるらしいですよ」と教えてくれた。

藁《わら》にも縋《すが》りたい僕はさっそく、データ復旧業者をネットで検索し、その検索に使うためのパソコンが壊れているので、マンガ喫茶で調べたのだが、とにかく、世の中にはそういう業者がいくつかあることが分かった。

しかも、料金体系もシステムもそれぞれ個性がある。いったいどこに依頼しようか、と検討しつつ、その価格にたじろいだ。確かに個人で払うには結構な代金で、いろいろな業者の平均を求めれば、僕の書いた原稿の一ヶ月分の原稿料は丸々消える計算になる。もう一回書き直すべきか、それとも原稿料なしを覚悟して、データを復旧すべきか、と悩んだ。

そして、決めた。「復旧依頼をしよう」

とにかく、一ヶ月間の仕事をやり直す気力がなかったのだ。時間を買うのだ、と自分に言い聞かせた。これで原稿が取り戻せるならきっと安いものじゃないか。

ネットで調べた業者の中からそれなりに信用できそうな会社を選び、すぐに連絡を取った。

その会社は応対がとても良く、迅速な様子でもあったので、僕としては、「ああ、これでもう一安心だ。あとは、原稿が戻ってくることを想定して、その続きを書き進めていよう」と前向きに、くよくよしないことにして、仕事に取り組んだ。

が、簡単にいかぬのが世の常だ。

「どうやら、うちのところでは復旧できそうもありません」一週間ほどして、連絡があった。

また頭の中が真っ白になる。

依頼する際の注意事項には、「復旧が国内では難しい場合があります。その時には海外の提携業者へ委託します」という文もあったのは事実だ。が、まさか、それが自分に該当するとは思ってもいなかった。お金を払う覚悟さえ決めれば、絶対にデータが戻ってくると信じていたのだ。

とっさに頭には、一世を風靡《ふうび》したライブドアの堀江貴文《ほりえたかふみ》氏の、「お金で買えないものはない」という言葉が過《よぎ》った。「ここに、お金で買えないものがありました!」と叫びたい気分だった。

「どうしたらいいんですか?」と訊ねると業者の担当者は、「こういうケースはよくあって、海外に送ることで、直ってくることもすごく多いんです」と落ち着き払っていた。いや、これは気休めに違いない。すっかり落ち込んでいた僕はそう、思った。こうなったら、絶対に直らないのだ。もちろん契約内容からすると、復旧ができなかった場合、代金はかからないらしい。が、それにしてもやっぱり、原稿は戻ってきてほしかった。だから、「修復ができそうです」と連絡があった時には本当に嬉《うれ》しかった。こちらはそれなりに大きい金額を支払っているにもかかわらず、「ああ、何てありがたいんだ」と感謝の気持ちでいっぱいになった。あなたたちは、僕の恩人です、と。

少ししてから、丁寧に梱包《こんぽう》された外付けのハードディスクが家に届いた。中に、復旧された、僕のテキストファイルが入っているというわけだ。

お金も払ったのだから、もしかすると原稿の内容も良くなっているのではないか、と期待するところもあったが、さすがにそのようなことはなく、見覚えのある、まさに僕が書いたのと同じ原稿があるだけだった。まあ、贅沢は言えない。

さて、車の話に戻る。

いくつかのメーカーに電話をかけた結果、あるディーラーの若い営業マンと話をすることになった。彼は、「この車、すごく可愛いですよ」とある車種を勧めてくれた。見れば確かに可愛らしい。ひと目見て、気に入った。

「あ、いいですね。でも、これ、マニュアルじゃないですよね?」

「そうなんですよ、これ、オートマしかないんですよ」

「しかも、軽自動車でもないですよね」

「ええ、コンパクトカーというんです」

「条件が二つとも駄目じゃないですか」

「でも、いい車なんですよ。ちなみに、どうして、オートマは嫌なんですか?」

「機械まかせというのが嫌なんですよ。今、そんなのばっかりじゃないですか。すぐに、センサーに手を翳せとか言ってくるし、落としただけなのに、一ヶ月分の仕事が台無しになっちゃったり」

「あ、でも」と営業マンが言った。「マニュアル車だって、結局のところ、機械まかせってことには変わりませんよね」

言われてみればそうですねえ、と僕はうなずいて、何だかその答えに反論することができなかった。

「じゃあ、その車にします」

ずうずうしい猫が多すぎる

2007.11.29

うちの庭を猫が通る。

こちらの道からあちらの道へ横断するのにちょうどいいのか、窓の外をのそのそと歩いていく姿がカーテン越しに見える。はじめのうちは、猫が通るくらいであれば、まあいいか、と思っていた。空を飛べるはずのカラスが、こちらを小馬鹿にするかのようにぴょこぴょこ庭を歩いている時の小憎らしさに比べれば、猫が歩くことくらいは大したことではない。が、そのうちに重大なことが判明した。猫は庭でフンをしていくのだ。ちょこんと座ったかと思うと、土をかぶせ、しれっとした顔で立ち去っていく。僕自身はその場面を目撃していないものの、近所の人や妻の証言によればそうだ。

明確な対処法も方針も決まらず、ただ時間だけが経過した。その間にも猫は次の段階に入っていた。

「なんか、もうトイレする場所、決めたみたい」ある日、妻が言ってくる。

「決めた？」

「いつも同じ場所にして、結構、ハエとか飛んでるし、まずいね」

「もう、トイレだと決めたわけか」

「庭ではなく、トイレだと認識しているだろうね」

これはいけない、とそれくらいは僕にも分かった。うちの庭は決して、トイレではないからだ。

「この間は、猫同士がうちの庭で喧嘩《けんか》していたんだけれど」妻の報告はまだ続いた。

「なんの争いなんだろう」

「いつも来る猫が、もう一匹を追い払ってたよ。てめえ、ここ、誰の家だと思ってんだ！　って感じで、もの凄い迫力だったよ」

「その猫もこの家の住人じゃないのに」

方策を考えた。

猫避《よ》けとなるような薬を使うべきか木を植えるべきか、もしくは、猫がトイレをする際に大袈裟《おおげさ》に怒ってみせ、恐怖心を植えつけるべきか。

ただ、真剣に検討できない部分があることに、つまりは猫を締め出すことに対して心のブレーキがかかっていることに自分でも気づいていた。「ここでトイレをするんじゃない！」と本気で叱りつけるのには、罪悪感を覚えていた。

十代の頃、僕は実家で猫を飼っていた。

犬を飼っていたことがあるんですか？　と時々、質問される。僕の書く小説には、犬がよく登場し、しかも何らかの特別な存在として描かれることがあるから、僕に、犬に対する愛情のようなものが存在するのだと、つまりは飼っていたことがあるのだと想像するらしい。

が、実は犬を飼ったことは一度もない。一緒に暮らしたことがあるのは猫のほうだ。

中学の三年の頃から高校卒業まで、高校卒業後は実家を出てしまったから、その四年間で四匹の猫と一緒に暮らした。

最初は、雑種の老猫だった。茶色く、太ったぬいぐるみのようなオスで、ある時、急にうちの家にやってきた。野良猫だった。

きっかけはよく覚えていない。うちの庭をその猫がうろついていたのかもしれない。そして、僕か弟が餌をあげたのだろう。はじめは窓の外に紙皿を置き、魚の残りかなにかを載せた。餌がもらえるとなれば、当然、猫は頻繁にやってくるようになり、頻繁にやってくるようになれば、そのうち家にも上がりはじめる。家の中のほうが暖かいのだから、当然だろう。気づけばその老猫は、うちに住んでいた。いつの間にか、居間のコタツに入っていた。

老猫は今までにどんな生活をしてきたのか分からなかった。とにかく汚くて、そしていつも風邪を引いているような状態だった。鼻水が出ていたし、蚤《のみ》もよく飛ばした。吐くことも多かった。猫はよく吐く、ということはその後分かるようになるけれど、それを考えても、あの老猫の吐き方は少し、ひどかったと思う。気づくと床のあちこちに吐き出したものが山を作っており、無精な僕もさすがにそれは片づけずにはいられなかった。

老猫が亡くなったのはいつだったか。すぐには思い出せない。ただ、二つのことはよく覚えている。

一つは、年のせいなのか病気のせいなのか、それまで一度も声を発したことのない老猫が、死の前日に、はじめて大きな声で、「にゃー」と啼《な》いたことだ。ちょうど夕飯を食べていた僕たち家族は、裏の窓近くにいっせいに目をやり、彼のことをまじまじと見つめ、「はじめて啼いたね」と驚きあった。あれはもしかすると、と後で想像した。もしかすると、死を目前とした苦しみに思わず上げてしまった悲鳴なのではないか、と。ただ、それはあまりにつらい。どうせ真相が分からないのであれば、僕たちに向かい、「お世話になりました」と最後の挨拶《あいさつ》をしたのだと考えたほうが救いがあった。

もう一つ覚えているのは、死んだ猫を裏庭に埋めるためにスコップで土を掘りながら、泣きに泣き、「きっと、この日のことは忘れないぞ。この日付のことはずっと忘れないぞ」と感じたことだ。

今となっては肝心のその日付を覚えていない。季節すら思い出せない。まあ、そういうものだろう。

老猫が死んだ後、家には様々な猫が出入りしはじめた。頭領が死んだ途端、群雄割拠の状態になるのと似て、近所の飼い猫から汚い野良猫までが餌をもらいに来た。時には、勝手に上がり込んだ。

猫の死には家族全員、それなりにまいっていたから再度、猫を飼う予定はなかったのだが、窓の下でにゃあにゃあ啼かれると、まあ少しくらい餌をあげようか、とそんな気分にはなった。

感覚としては、嫌いでもなければ好きでもない女性とずるずると交際を続けている男に近いかもしれない。別れる理由がない、という一点で、付き合い続けているようなものだ。そういう男性がいずれ、「わたしをもてあそんだのね」「結婚する気もなかったくせに」となじられるのと同様に、そのうち猫たちが、「飼うつもりもなかったくせに。もてあそんだのね」と詰め寄ってくる可能性もないわけではなかったが、狡猾《こうかつ》さを滲ませた猫たちの顔を眺めていれば、いいように利用されているのは僕たちのほうだとも分かった。

さて、群雄割拠、千客万来、いろんな猫がやってくる中に、特に神経質そうな白猫がいた。ほっそりとしたメスで、餌はもらうけれど媚《こび》を売るつもりはないのよ、という悪い女の気配を漂わせていた。こちらが餌を置くと、たっぷり警戒をした上で、さっと奪い、立ち去っていく。

何だよあいつ、つれないな、と僕は呆れたものの、その頃は中学卒業、高校入学と自分の生活が慌ただしかったから、時々やってくる程度の白猫をそれほど意識することもなかった。

が、白猫のお腹が徐々に大きくなっていることは気づいた。食いすぎなのかと思っているうちに、どこからどう見ても妊娠中のお腹となり、「野良猫だってのに大変だなあ。子供をどうやって育てるんだろうか」と僕は他人事《ひとごと》のように考えていた。

もちろん、産まれたら僕たちの家で飼う羽目《はめ》になるのでは？　という不安も過ったが、白猫の警戒心はあまりに強く、子供を僕たちに預けるほど心を許すとは到底思えなかった。さらに僕の祖母が、「猫っていうのはどこかでこっそり子供を産んで、一ヶ月くらい経つとひょっこり見せにくるんだよねえ」などと言っていたものだから、子猫が大きくなった頃に連れてくるかもしれないな、とその程度に考えていた。

白猫が出産をしたと分かったのが、四月の連休の最初、当時の天皇誕生日だった、と記憶している。

朝、窓を開けると白猫がいて、その腹が明らかにぺちゃんこになっていた。前日までは膨らんだお腹を重そうに抱えていたため、「生まれたのだな」とはすぐに察した。ちょうど起きてきた弟と父とも話をし、「そうか、一ヶ月くらいすると子猫を見せにくるかもしれないね」とのんびりと予想してみる余裕もあった。

余裕がなくなるのはすぐ後だ。

白猫がひょいと裏窓から入ってきた。今まで向こうからこちらには近づいてくることなどなかったというのに、優雅に歩き、テレビの前を横切った。しかも口には何か、小さな肉のようなものを銜《くわ》えている。

ぎょっとし、言葉を失う。その口の中の黒い物体は、ぬるっとしたネズミのように見えたのだが、じっと眺めているうちに、猫の赤ちゃんだと判明した。

居間にはソファがあった。白猫はその上に飛び乗り、口からその赤ちゃんを放すと舌でぺろぺろと舐《な》めはじめた。遠巻きに眺めている僕たち三人はその光景に、「ああ、可愛いねえ」と目を細めた。なんてはずがない。

親しい猫が赤ちゃんを連れてきた、というのならまだ理解のしようもあっただろう。

が、その日までは愛想の欠片《かけら》もなく、こちらを敵視しているかのような態度でいた猫が、自分の産んだばかりの子供を無防備に連れてきたのだ。惰性で付き合っているだけにしか見えなかった女性が、唐突に、「あなたと一緒のお墓に入りたいな」と身体をくねらせて寄ってきたかのような唐突さだ。

心の準備ができていない。その一言に尽きる。

僕たちは茫然《ぼうぜん》としていた。

何匹いるんだ？　とはしばらくして父が洩《も》らした言葉だ。猫は一度の出産で、何匹も産むことができる。別の父親の子供を宿している場合もあるという。一匹ということはあるまい。

そうこうしているうちにも白猫はさっと居間を横切り、裏窓から外に出た。かと思うとすぐに戻ってきて、今度は白い赤ちゃんを銜え、戻った。先ほどの一匹の隣に置き、また、舐める。

「だよね」と僕は言う。一匹なわけがない。

しばらくしてまた白猫が裏口から出て行く。また、やってくる。赤ちゃんが増える。

それをさらにもう一度やった。

四匹だ。

白猫が産んだのは、三毛が二匹、黒が一匹、白と黒のブチが一匹で計四匹だった。子猫たちは、みゃあみゃあみゃあみゃあ、小さい声を発している。これはいけないぞ、と僕たちはあたふたとミルクやら鰹節《かつおぶし》を用意して、白猫の前に置いてみる。

白猫は例によって、神経質な様子だったが少しすると、立ち尽くす僕たちの前でそのミルクを舐めはじめた。

「わたしとわたしの子供たち、よろしく」

というわけで僕の実家では急に猫が増えることになった。さすがに五匹を飼うのは無理であるから、二匹については信州の伯父《おじ》の家で飼ってもらうことにした。ちなみに、「一匹だけもらってくれないか」と電話でお願いをしたにもかかわらず、二匹連れて行き、「二匹見たら、両方可愛いから手放せなくなるだろうし、一匹連れて帰れ、とは言えないに違いない」と姑息《こそく》な作戦を考えたのは、母だ。見事、その読みは当たり、動物好きで優しい伯父は、二匹を育てることを受け入れてくれた。感謝してもしきれない。

それ以降、白猫と子供二匹が家に住むようになってからは、当然ながら、それなりに様々な出来事が起きた。

たとえば、ある時、居間で弟と二人でテレビを観ていたところ、視界の隅に、うちの三毛猫が歩いていくのが見えた。ドアを通り、階段を上った。最初は、「あ、二階に行ったんだな」という程度に思ったが、すぐに、その様子がいつもと違うということに気づいた。目の端にぼんやりと見えただけだったが、明らかにシルエットがおかしかったのだ。

僕と弟は顔を見合わせ、「おい、今の」「鳩?」「だよな?」と確認し合った。

三毛猫が銜えていたのは、明らかに、生きた鳩だったのだ。すぐに二階へ駆け上がり、三毛猫から鳩を引き剝がした。どうにか救出すると、部屋の窓から飛び立たせた。

野良猫あがりの白猫を洗ってやろうと、父と二人で風呂場に連れ込んだこともあった。シャワーなど浴びたこともなかったからか、白猫は放水をはじめた最初の数秒で甲高い声を発し、僕たちの手をすり抜けると軽やかにジャンプし、小さな風呂の窓から外に逃げてしまった。

慌てて追いかけようと、僕と父はドアを引っ張ったのだが、するとどういうわけかドアノブが外れてしまった。

何のコントなのだ、と呆れるほかない。

猫が消えた浴室で、父と二人で閉じ込められ、「おーい」と助けを呼ぶのはとてつもなく滑稽に思えた。それ以降、結局、白猫を洗うのは断念した。

そうだ、トイレの話だ。

　実は、僕が一緒に暮らしていたこれらの猫たちは、ほとんど家ではトイレをしなかった。もちろん体調が悪い際に、便をすることはあったが、基本的には外で済ました。どこで、といえば隣の畑だ。実家のすぐ横は、ネギ畑になっている。最初の、茶色の老猫にしてもその後の白猫にしても、野良猫として生活していた時はそこで用を足していたのだろう。だから、うちで暮らすようになっても、便を催《もよお》せば畑へと出かけていった。白猫の子供たちについても、親からそう教わったのか当然のように、畑に行く。

　普段はさほど気にはならないが、大雪が降った朝などに明らかにうちの家から猫の足跡が伸びていて、畑の真ん中に座った痕跡が残っていたりすると、完全犯罪をたくらんだにもかかわらず犯行が露呈してしまったかのような気まずさを感じてしまうのだが、「まあ、肥料にもなるかもしれないし」と弁解めいたことを考えていたのも確かだった。心が広かったのだろうか、畑の主人も咎《とが》めてはこなかった。

　というわけで、だ。今、自分の庭をトイレがわりにしている猫をどうにも怒る気になれないでいる。かと言って、我が物顔で使われるのも納得がいかない。どうすべきか、と頭を悩ましてはいるものの、まあ、産まれたばかりの子供をたくさん銜え、当たり前のように住みはじめられるよりはマシかもしれないな、と思うしかない。

見知らぬ知人が多すぎるⅡ

2008.7.18

「あ、伊坂さん」少し前、仙台の街を歩いていたら、見知らぬ若者に呼び止められた。以前もこのエッセイに書いたように、僕の小説の映画化が続いたりしたせいなのか何なのか、いろいろな人に声をかけられることが最近、増えた。その時も、僕の名前を呼ぶということは僕の本のことを知っている人なのかな、と思ったら、やはりそうで、「いつも本を読んでいますよ。頑張ってください」というようなことを言ってくれる。ありがたいなあ、と思いながら返事をすると、さらに、「あ、これからあそこですか？」と僕がよく行くコーヒーチェーンの名前を口にする。「なぜそれを」とのけぞるような気持ちだった。何かの記事で読んだのだという。確かにインタビューで、そのチェーン店を利用することは時折、答えていたから、知っていても不思議はないのだろうが、自分のことを全て知られているかのような不思議な気持ちになった。

ある時、仙台駅のみどりの窓口で、自動券売機を利用し、切符を手に立ち去ろうとしたところで、「あの、すみません」と声をかけられたこともある。振り返ると、若い女の子がいて、僕は咄嗟に、「この女性も、本を読んでくれているんだな」と思った。つまりはその彼女も、僕の読者で、だから話しかけてきたのだと勝手に決め付けたのだ。が、実際には、「あの、これ、忘れていましたよ」とクレジットカードを突き出してくれただけだった。券売機に忘れてきていた僕のカードを、持って来てくれただけなのだ。濡《ぬ》れ衣《ぎぬ》を着せてしまった。「どうもすみません」と僕はぺこぺこと頭を下げ、お礼を言い、自意識過剰の自分に赤面せずにはいられない。

そして、少し考えてしまった。

僕はいつの間にか心のどこかで、自分が有名な人間だ、と思ってしまっているのではなかろうか、と。思い上がっているのではないか、と。

それ以降、喫茶店で仕事をしていても、「まわりの人間はみんな、あいつは有名人気取りで、誰かに声をかけてほしいから、家じゃなくて喫茶店で仕事をしているんだぜと笑っているのではないかな、軽蔑しているのではないかな」と怯《おび》えるようにもなった。

ある時、親しい編集者にそのことを打ち明けたら、「考えすぎです」と言われた。考えすぎ、確かにそうだった。そして冷静に考えてみれば、仕事や知名度とは無関係に声をかけられることも案外、多かった。

つい最近はこんなこともあった。あるコーヒーショップのカウンター席でノートパソコンを開いて、仕事をしていた際のことだ。ちょっとした予期せぬトラブルが続き、その頃の僕はいつになく原稿を書く時間が確保できず、焦っていた。その時は、久々にパソコンに向かうことができたので、「今この時間で原稿を進めて、今日中にどうにか書き上げないとまずいぞ」と必死だった。

だから、すぐ隣に座っている男性がちらちらこちらに目を寄越《よこ》してきた時も、「今は話しかけられても、ゆっくり応対することもできない。とにかく、パソコンに意識を集中させよう」と画面を凝視し、キーを打ち続けた。それでも、隣の男性はじっと見つめてくる。ずいぶん年上の、還暦はとっくに越えている年齢の男性だとは横目で分かった。どうしてこちらを見てくるのか、理由ははっきりしなかったのだけれど、とにかく、それを考えている余裕もない。「今日は声をかけないでください。今日は本当に忙しいんです」と誰に弁解するでもなく、僕は心の中でお祈りをした。とはいうものの、念じれば念じるほど願いは叶《かな》わぬものなのか、数分も経たないうちにその男性が、「それ、パソコンだね」と訊ねてきた。

あまりに予想外の、あまりに素朴な質問だったため、さすがに僕もはっとした。「あ、そうです。パソコンです」と答えたものの、彼だってそんなことは百も承知のはずだ。反射的に、まずいな、と思った。「これがパソコンかどうかを確認したいためではないだろうな」とは容易に想像できる。あくまでも会話の取っ掛かりとして投げかけてきた言葉に過ぎず、彼はこれから、僕とたくさん喋るつもりなのではないか、と思った。

予感は的中した。おじさんは、「パソコンって、そのボタンを押すと、文字が出るんだね。ほおー」などと基本中の基本ともいえる現象について触れ、「昔は、タイプライターだったんだよなあ」とはじめた。

そのあたりで観念した。これはもう、このおじさんと話をするべきなのだ、と理解した。一期一会という言葉が過る。これも何かの縁であるし、このまま、彼の言葉を聞き流して、原稿を書けるとは考えにくかった。たとえ書けたとしても気分は良くないに決まっている。パソコンを閉じると、「そうですよね、昔はタイプライターでしたよね、きっと」と相槌を打った。

するとおじさんは、「何でも変わっていくもんだよな」と言った。「昔はレコードだったのに、今はほら、あれ、ＣＤだろ」と。それは決して、新鮮な主張や嘆きではなかった。が、しんみりとはした。

そうしているうちにおじさんは、今年で古希を迎えること、奥さんと二人で暮らしていて、今日は病院へ行くために街中に出てきたこと、つい先ほどまで市街地のどこかで展覧会を観てきたことを、喋ってくれた。

頭の片隅で原稿のことは気にしつつも、なるほどそうですか、と会話を続けた。話してみれば楽しかったし、今日の僕はあんまりにも大慌てで仕事をしていたので、こういう休憩も必要だったのかもしれないな、とまで思えた。

やがて、おじさんは、「じゃあ、そろそろ、俺は病院に行ってくるかな」と席を立った。あ、そうですね、と応じたがするとそこでおじさんが急に身体を屈《かが》め、どういうわけか首をにゅーっと伸ばしてきた。そしてさらに、僕の右手を勝手につかんだかと思うと、その僕の指を自分の顔に近づけていこうとする。

「え、何ですか？　何ですか？」状況が飲み込めない。いったいこれは何なのだ、と混乱する。「触って触って」と嬉しそうに言う。子供が、「ちょっとこれ触ってみてよ」とはしゃぎながら、誘ってくるかのようで、ますます僕は動揺し、「何ですか、これ」と繰り返した。男色家とも見えない。

「いや、今日、久々に髭《ひげ》を剃《そ》ってきたから、触ってほしくて」

もうここまで来ると、爆笑するほかない。仕方がなく僕は指で軽く、おじさんの鼻の下を撫《な》でて、「あ、そうですかあ」と言った。初対面の七十歳ほどの男性に、髭を触らされて、何とコメントすべきなのか、僕は学校で教わったこともない。

おじさんの行動はそれだけでは終わらなかった。今度は、何も言わずに、自分の手を伸ばしてきて、突然に僕の顎を撫ではじめたのだ。「あんたも、今朝、剃ってきたの？」などと言う。

いい年をした男同士が、コーヒーショップのカウンター席に並び、一人は中腰で、一人は椅子に座ったまま、髭を触り合っている光景はかなり異様だったに違いない。笑うほかなかった。

僕とおじさんの両隣には、若い女性が座って、勉強でもしているのかノートに向かっていたけれど、明らかに彼女たちは、僕たちのその怪しげなスキンシップから目を背けていた。見ちゃいけない見ちゃいけない、と思っていたのだろう。

「じゃあ、俺はいつもこのあたりに座ってるからな」と言い残し、おじさんは帰っていった。言外には、「また、ここで会おうぜ」というメッセージが含まれているような気もしたのだが、聞き流した。

まったく不思議なおじさんだった。家に帰り、そのことについて妻に話をした。聞いた妻はやはり、噴き出した。

ところがそこで僕の近くへやってきた、二歳の息子が、僕の顎を触ったから驚いた。まさに、喫茶店で、おじさんが触ってきた時と、同じような手の伸ばし方だったのだ。

「あ、偶然だなあ」と思い、次の瞬間、「もしかすると」と閃《ひらめ》いた。あの、おじさんはもしかすると、未来の、この息子だったのではないか？七十歳となった息子が時空を超え、僕に会いに来て、そして髭を触ってきたのではないか？

「わたしも今、それを思ったところ」と妻も笑った。

あまりにも陳腐で幼い発想に、「ドラえもんじゃないんだから！」と苦笑してしまうが、想像は簡単には止まらない。そうか、七十歳となった息子は奥さんと一緒に暮らし、病院に出かけ、喫茶店で退屈な時間を潰しているのかあ、と考え、切なくなった。「あの、おじさん、幸せそうだったかなあ。どんな顔してたっけなあ」ただ、そこで僕もさすがに思い出す。「でも、あのおじさん、タイプライターとかレコードとか喋っていたよ。うちの子じゃないだろう、どう考えても」

別の日には、あるお洒落な若者に会った。

喫茶店で仕事をした帰りだ。一本道の歩道を北へ進んでいると、向こう側から、がらがらとキャリーバッグのようなものを引き摺《ず》って、近づいてきた。僕はウォークマンを聴いていて、つまりは耳にヘッドフォンをしていた。

若者が微笑むのが見え、咄嗟に、「あ、この人は僕のことを知っているのかな」と思った。学習能力がないというのか、相変わらずの自意識過剰というのか、とにかく、そう思った。

するとと彼が、「あ、どうもどうも」と手を挙げるので、僕もヘッドフォンを外し、お辞儀をした。「本、読んでますよ」とでも言われるのかな、と思っていたが違った。

「お兄さん、ちょっといいですか、話聞いてくれないですか」と彼は言った。軽薄な喋り方ではあるけれど、嫌味はなくて、楽しいホストのようにも見えた。

「あのね、これ見て、お兄さん」彼はごそごそと手に持っていた袋から、ティッシュペーパーの箱を一回り小さくしたような大きさの、黒いケースを取り出した。「開けてみて」と意味ありげに言ってくる。「開けて」とか「触って」とかそんなのばっかりだ。

勧められるがままに蓋を開けると中には、腕時計とボールペン、計算機が入っている。黒い布の上に、大事そうに置かれていた。

「これ、ほら見て、一〇〇ドルって書いてあるでしょ」と小さな札を見せてくれる。

なんでドルなんだよ、と疑問に思いつつも、「はい」と答える。

「これを今、なんと、千円でお売りして、みなさんに喜んでもらっているところなんですけどね」

若者は微笑んだ。

最初は何の用件なのかぴんと来なかったのだが、ぼうっ、とその箱を見下ろしているうちに、さすがに僕も察した。「もしかすると、これを僕に売ろうとしてくれているわけだ」

「そうそう、今、みなさんに喜んでもらっているんでね」その台詞がお気に入りなのか、繰り返す。

「ああ、僕に今、喜んでもらおうとしてくれているんですね」

「そうですそうです」

失礼だが、どう見ても安っぽい時計だった。計算機だなんて、僕の古いPHSにも機能がついている。「うーん、残念だけど、使わないから無理です」

若者は、「じゃあさ、ろうそく買わない？」とすぐに言う。切り替えが早かった。ろうそく？　とこちらがたじろいでいる間に、彼はごそごそと鞄を探り、小さなろうそくを取り出した。薄い皿に載った、手のひらに載るようなものだ。「これ、千円。お風呂にも浮かべられるし」

若者はすごく丁寧だった。見知らぬ人に声をかけ、そこで物を売るという仕事は楽ではないはずだ。シンプルにしか物事を考えられない僕は、「きちんと働いている人は報われるべきだ」と思うため、どうにか彼のオススメの品を買いたかった。が、お風呂に浮かぶろうそくはさすがに、我が家では不要だった。「子供がいて、危ないから、ろうそくは使えないよ」

そのことを告げると彼は、「じゃあ、お子さん用にぬいぐるみはどうですか？」とキャリーバッグの中を探りはじめる。

「ぬいぐるみならどうにか」と言いかけた僕の前に、彼はかなり巨大な動物のぬいぐるみを出現させ、笑う。「これ、もういくらでもいいですよ」

小さい物ならどうにかなったかもしれないが、こんなに大きな物を家に持ち帰ったら、さすがに妻の目に留まるだろう。

「無理だよ、これは。余計なものを買ってきたって、奥さんに怒られてしまうから」

「いくらでもいいですよ。百円とかでも」

ここまで来ると彼も、商売というよりは意地の問題なのかもしれなかった。

「百円に見えないだけに、よけいにまずいよ」僕はもう尻込みし、手を振り、奥さんに怒られます奥さんに怒られます、という言葉を呪文のように繰り返し、立ち去った。

そして家に帰ってから、「もしかするとさっきの彼は、実は僕の本を読んだことがある人で、僕がどれくらい太っ腹なのかを試そうとしたのかもしれないぞ」とそんなことを思った。「百円のぬいぐるみも買えないなんて、よっぽどのケチに思われたのかもしれない」と悩む。

自意識過剰な上に被害妄想なものだから、目も当てられない。

心配事が多すぎるⅠ

2009.2.10

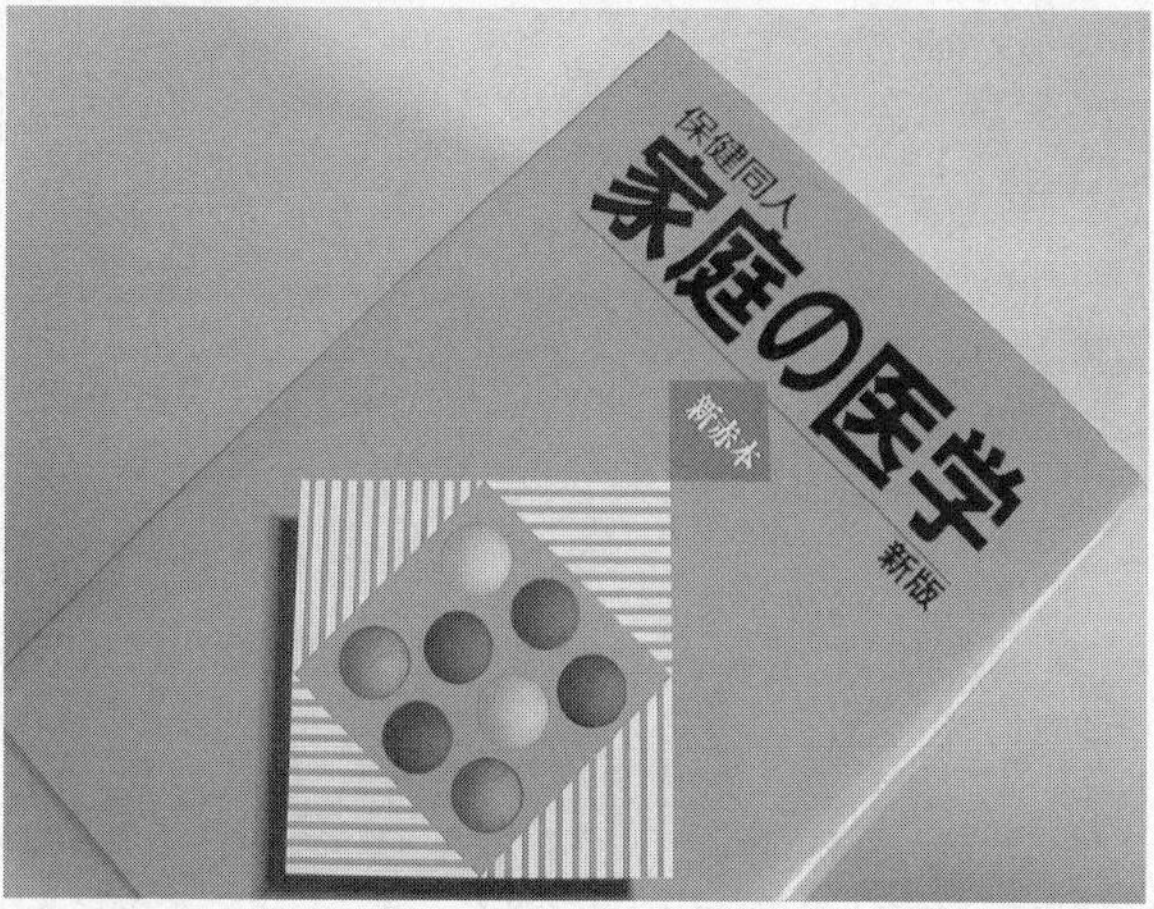

先日、床屋さんで髪を切ってもらっていると、鋏《はさみ》を動かしているお兄さんに、「地震のこと、聞きました？」と言われた。

「地震のことですか」

定期的に地震はある。東北地方でも大きな地震が続いたし、小さな揺れを含めれば、珍しいことではない。そう思っていると、「明日、宮城県沖地震が来るらしいですよ」とお兄さんが言うので心底、驚いた。明日地震が来ることよりも、そのことがすでに分かっていることに、だ。地震とはそのように事前に分かるものだったのか！　と感激した。ただすぐに、そんなことはないとも気づく。地震が一日前に分かれば、苦労はない。最近はじまった地震速報も十数秒前に予告できるかどうか、それくらいのものではなかっただろうか。

「ここ数日、お客さん数人がみんな、言ってるんですよ。宮城県沖地震が近いうちに来るって」床屋のお兄さんが続けて、説明してくれる。「インターネットの情報なんですかね？　さっきのお客さんは、明日地震が来る、って言うし、その前の人は、来週だ、

って言うし、ばらばらなんですけど。でもまあ、ようするに来週いっぱい中には、って
ことみたいですよ」
「来るんですか、宮城県沖地震が？」
結論から言えば、地震は来なかった。
どうやら、どこかの国に、有名な予言者さんがいて、その人が大地震のことを発言し
た、ということらしい。その予言された場所は宮城県ではなかったようであるし、よう
するに、何らかの予言が伝言ゲームのように歪《ゆが》み、「明日、宮城県沖地震が来る」とな
ったのかもしれない。地震の予言をみんなが知っていることにびっくりし、それ以上に、
その噂《うわさ》の伝わり方も恐ろしかった。
が、宮城県沖地震がいずれ来ることは間違いない。
仙台市のホームページを見ると、宮城県沖地震はこの二〇〇年間で六回、平均すると
三十七年周期で発生しているらしい。つまり、前回の大地震が一九七八年だったから、
その三十七年後、二〇一五年あたりに起きる可能性が高いのだろうか？　今までで一番、
間隔が長かった時で、四十二年間だったらしいから、二〇二〇年までにはかなりの確率
で、地震が来るというわけだ。
恐ろしい。いったいいつ来るのだろうか、来るのであれば（当然ながら）できるだけ

被害が少なく、そっと終わってくれないか、とお祈りしたくなる。時々、大きな地震があると、その揺れに怯え、「どうにか被害が最小限で済んでくれないか」と願いながらも、「これが宮城県沖地震だったらいいな」と思ってしまう。いずれ来る地震であるのなら、早く過ぎ去ってほしいからだ。

家には防災グッズのようなものを揃《そろ》えてはいるものの、地震が起きるのは家にいる時とも限らないだろう。いったいどうなるのか、心配で仕方がない。ネットカフェで横になっていても、「ここで今、大きな地震が来たら、どうなってしまうのだろう」と気が気ではない。

そもそも僕は心配性だ。子供の頃から、常に何かを心配していた。とてもくだらないことだが、給食の献立表《こんだてひょう》を見て、嫌いなきゅうりが登場する日を調べては、その日が近づいてくるのを怖がり、お化け屋敷や戦隊物のショーも苦手だった。

「あのな、お化け屋敷のお化けはニセモノだし、レンジャーショーに出てくる悪役も、着ぐるみなんだよ」とよく両親からは説明を受けたが、もちろん僕もそんなことは百も承知していた。怖かったのは、「本物がまざっているかもしれない」からなのだ。ああいった戦隊物のショーはたいがい、最初のうち、悪役の怪人が子供たちを怖がらせ、「観客席から、誰か子供をさらってこい！」などと部下を散らばらせ、何人かの子供をステージに引っ張って行くパターンが多かった。だから、木は森に隠せ、の話ではないけれど、本物の怪人がこのショーを利用して着ぐるみに紛れ込み、僕たちを連れ去って行ってしまうのではないか、と僕はそれを本気で恐れていた。「もし、本物につかまってしまったら、誰が責任を取ってくれるんだ」と怒りすら感じた。実は大人になった今だって僕は、お化け屋敷や戦隊物ショーが苦手だ。本物がまじっている気がするからだ。

子供の頃の話で言えば、殺人事件のニュースを見て、夜、眠ることが恐ろしくなった時期もある。ワイドショーで、「老夫婦が、眠っている間に殺害されて、お金を奪われた」というニュースを観たのだ。とても悲しい事件で、女性のほうは眠っている間に殺害され、男性のほうは物音に目覚めた直後に殺されてしまったのだ。小学校低学年だった僕は、眠っている間に、「自分が消えてしまう」ことが非常に恐ろしく、以降、眠るのが怖くなった。寝ている間に誰かが家に忍び込み、自分を殺してしまうのではないか、と心配し、布団で寝ていても、向かいの道路で車の音がしたらむくりと起き、誰かがその車から降りてこないか僕の家に近づいてこないか、と障子を小さく開きながら観察した。自宅は曲がり角の近くにあったので、路上駐車する車も時々いて、そのたび僕は、窓から爆弾でも投げられるのではないか、と気にした。どうして爆弾のことなど考えるようになったのか、理由は忘れてしまったが、とにかく、爆弾を仕掛けられることを恐れた。そんな僕は、隣の布団ですやすや眠る弟を見ながら、「おまえは何も分かっていないだろうが、世の中には怖いことがたくさんあるんだ」と勝手に苛立《いらだ》ったものだ。「俺がこうして、警戒しているからいいものの」と。

子供の頃の性格が大人になって変わるはずもなく、三十代半ばを過ぎた今も相変わらず、怖いことや心配事ばっかりだ。たとえば、以前に住んでいたアパートで、隣の部屋から口論の声が聞こえてきたことがある。夫婦喧嘩は我が家にだってあるし、特別なことではない。ただ、その時は少し、やり取りが激しく、しかも夜遅くだったから僕の頭の中ではイメージが増幅されて、とてつもない争いに感じられた。言い争いの声が急に止まり、しんと静まり返る。

僕は怖くなる。

頭に浮かぶのは、ドラマや映画でよく見かける場面だ。男女が喧嘩をし、興奮し、女性が男性に何かを振り下ろす。重い何かを、だ。頭部に重い物を当てられた彼は目を白くし、床に倒れ、血を流して動かなくなる。書いているだけで恥ずかしくなるような、典型的な場面だが、まさにその典型的な場面が頭にこびりついて離れなくなった。恐怖で鼓動も速くなる。言われるまでもなく、ただの妄想だから、隣人の方たちには本当に失礼な話だが、とにかく僕は、隣で何か事件が起きたのではないかと心配になった。しかも、だ。翌朝、五時くらいに起きて、パソコンをいじくっていると今度はその部屋から水を流す音が聞こえてきた。風呂場でシャワーを使っているのだ。

ああ、これはいよいよドラマで観る場面ではないか、とぞっとする。風呂場で死体を処理しているのだ。そうとしか思えない。不謹慎な発想ではあるものの、これは大変なことになった、いったいどうすればいいのだろう、と僕はそわそわしはじめる。当然ながら、やれることなどない。そして、さらに想像する。

もし、隣の部屋で事件が起きているのだとしたら、そのうち、僕のところにも警察が来るに違いない。警察は、「隣の部屋で物音がしませんでしたか」と訊ねてくるだろう。僕はもちろん正直に応対するのだけれど、その際、警察官がひょいと室内に目をやる。僕の家には、普通の住宅よりは本が多く、その中のいくつかはミステリーを書くのに使った資料で、たとえば犯罪に関するものや毒に関するものがあったりする。小説にしても、物騒なタイトルのものがかなりある。警察官はそれに目を留め、険しい表情になる。「その夜、あなたはどこで何をしていましたか」とアリバイを確認してくるだろう。いつの間にか僕は、容疑者扱いされているわけだ。そもそも、隣で喧嘩をしていた人はどこへ行ったのだろうか、あの夫婦喧嘩の片方が犯人ではないか、と思うが、通用しない。ああ、困った。僕に確固たるアリバイがあるはずがない。夜は家で眠っているだけであるし、起きていてもパソコンを使っているくらいだ。警察は怪しみつつも立ち去るが、日を改め、何度も僕の家にやってくる。そのうちに、どういうわけかテレビ関係者や週刊誌の記者たちがそのことを知り、僕のことを取り上げる。何ということだろうか、僕は、隣室の口論の声や物音を聞いただけだというのに、犯人にされ、人生を台無しにされてしまうわけだ。

そのようなことを考え、しばらく憂鬱な気持ちだった。勝手に想像し、勝手に心配しているだけなのだから世話がない。自分のもとにいつ警察が来るのだろうか、と怯えた。やがて、どうしても耐えられなくなり、妻にその悩みを打ち明けた。隣の部屋で何か事件があったら、僕は間違いなく犯人と疑われてしまうだろう、そして僕には自分の身の潔白を証明する術《すべ》がないのだよ、と。すると彼女は、勝手に悲観的になっている僕のことを面倒臭そうに眺めながら、「でもさ、動機がないよ」と子供を諭すようにした。

その瞬間、陽光が射した。「そうか！」と思った。「そうか。確かに僕には動機がない」と安堵《あんど》した。

何か恐ろしい事件が起きた時、その犯人としてまず疑われるのは、「実行が可能だった人間」ではなく、「動機がある人間」のはずだ。きっとそうだ。僕には動機がない。そのことは空が青いということよりも自明だ！

ほっとしながらアパートに戻ると、ちょうど隣の部屋の夫婦が仲良さそうに歩いてきた。勝手に想像を膨らませてすみません。

健康に関しても心配が絶えない。

年を取るにつれ、運動不足が祟り、ありとあらゆる機能が劣ってきているため、便秘が続くことや、背中が痛むこともよくあり、すると家庭の医学百科のようなものをめくり、病名を探り当てようとしてしまう。便秘や胃痛、貧血などはどんな病の症状にも当てはまるものだから、調べれば調べるほど、「ああ、この病気か」「これは絶対、この病だ」と気が重くなる。そして、すでに手遅れとなったような思いに駆られ、仕事も手につかなくなる。放っておいたところで、不安や恐怖が解消されるわけもなく、結局、僕は病院まで行き、内視鏡検査をやったり、血液検査をやったりするのだ。結果を待つ間、「俺はもう、駄目かもしれない」と妻にひとしきり泣き言を聞いてもらうが、いざ検査結果が出てくると、「異常なし」であるものだから、恥ずかしくなる。ただ、だからと言って、「俺は健康体だな」とは思えない。そんな風に高をくくったら、その時こそ、大きなとばっちりがやってくるのではないか。「あれほど心配したからこそ、無事で済んだのだ」と考えるのが、僕だ。

そう言えば少し前、トイレに入っている時にぐらっと周囲が揺れた。最初は眩暈《めまい》でもしたのかと思ったのだけれど、すぐに地震だと察した。がたがたと壁が震える。明らかに大きい地震だった。

真っ先に思ったのは、「トイレは安全」ということだ。誰から聞いたのか、どこで教わったのかは覚えていないが、柱がしっかりと立った、シンプルな構造のトイレは、家の中では最も安全な場所のひとつのはずだ。ここにいれば安全だ。が、続けてすぐに妻と子供のことが過る。彼女たちは無事だろうか。さらに、別の心配も浮かぶ。もし、このまま僕と家族が無事だったとしても、その後、何かことあるたびに、「あの地震の時、あなたは、わたしたちのことを放って、一番、安全なトイレに一人で閉じこもっていたのね」と非難されるのではないか、永遠に言われ続けるのではないか、とそんなことが気になってしまった。十分ありえる。有名な予言者でなくても、これくらいは分かる。早くトイレから出なくては、と僕は大慌てで外に飛び出そうとした。ドアが開かない。鍵を外そうとして、逆に鍵をかけていた。「開かない！　ドアが開かない！」とパニックになる。

冷静に考えると滑稽だが、本当に毎日、心配事ばかりなのだ。僕の人生は永遠に、心配事が尽きないのだろうか？　心配だ。

と、ここまで書いたところで新聞記事を読んでみると、株価が下落し、「世界恐慌」を嘆くような見出しが飛び込んできた。株や投資には縁がないとは言え、それを見ただけで僕は不安になる。世界はどうなってしまうのだろう。経済はどうなるのか。一寸先は闇とまではいかないが、来年の今頃、世の中や日本がどんな状態になっているのか想像もできない。無事であればいい。『仙台学』の次号、このエッセイを書いている僕自身に、「そっちはどんな具合ですか」と訊ねたい気分だ。と言うわけで、次号は、「世界がどうなったか」の結果報告になるかもしれない。

心配事が多すぎるⅡ

2009.5.28

前回のこのエッセイを書いたのは約半年前、二〇〇八年の十月下旬だ。いかに僕が心配性で、地震やお化け屋敷、隣人の夫婦喧嘩にびくびくしながら生活をしているのかを記したが、その頃から世の中は、「金融不況」「大不況」「恐慌」と呼ばれる状態に突入しはじめた。前回のエッセイ原稿を送った後で、「これから僕が信じていた社会システムは崩壊しはじめるかもしれないぞ」と真剣に心配し、今度このエッセイを書く頃は（つまり今のことだけれど）、社会的な混乱により、エッセイを書いている場合ではないだろうと想像した。『仙台学』の編集部も締め切りどころではない、と。

予想はある程度、当たり、ある程度、外れた。去年の十月に比べれば、様々な企業の赤字が発表されているし、不景気の空気はかなり濃くなっている。世の中はどんよりとした不安や恐怖を抱えている。ように思える。僕は今のところ、半年前と同じように仕事ができているが（このエッセイの締め切りも予想に反してやってきた）、僕の書く原稿を出版社が買ってくれなければおしまいであるし、出版社も読者がお金を払ってくれなければどうにもならない。新聞をめくれば、経営の苦しい企業の話や職を失った人たちの記事が目に入る。他人事ではない。胃が痛くなった。

そうは言っても、やるべき仕事はあり、この春は何度か東京にも行った。三月には、映画に関連する取材のため、朝九時過ぎに仙台を出発する、はやてに乗った。自分の指定席券を確認しながら、座席を探し、あ、ここだな、と思ったがそこで、あれ、と首を捻る。もう一度、券を見直す。僕の席と思《おぼ》しき場所に、見知らぬ男性が座っていたのだ。三席つながった列の一番窓際、だ。眼鏡をかけ、白髪の目立つ、長身ですらっとした体型の男性が、その長い足を放り出すようにして、ふんぞり返っていた。

ああ、これは面倒臭いぞ。

何度、確かめてもその席は僕の場所だった。車内はかなり空いており、席はほとんど無人だ。近くに、白人の旅行客が並んでいるだけだ。だから、別にそこで自分の座席に固執する必要はなく、別の座席に腰を下ろしてしまえばそれで良いようにも思えた。が、そうは思いながらも、「指摘すべきでは?」という気持ちもあった。相手が誤っているのは事実なのだから、とりあえずは、「そこは僕の席ですよ」と言うだけは言おう、と。そうすれば相手ははっとして、「あ、そうでしたか。間違えていました」と謝罪し、「申し訳ないです。すぐに移動しますね」と腰を上げるだろうから、そこではじめて、「いや、いいですよ。てきとうなところに僕も座りますから」と応対すればこちらの心のもやもやも消えるはずだ。

　が、現実は思ったようには進まない。

「あの、そこの席で合っていますか？」

訊ねたところその男は険しい顔つきで、「あ？」と不機嫌丸出しの様子で言うではないか。仕方がなく再度、「そこの席は」と指摘したが、相手は意味不明な言葉を発して、いらいらしながら、「何？　何なの？　何か文句ある？」と短く返事をする。

　さすがに、かちんと来た。ただ、どうも会話が成立しないし、まあいいか、と思い直し、彼の隣の隣、通路側の席に座った。もっと別の場所に移動するのも癪《しゃく》であるし、近くにいてやろう、と思った。何とも腹立たしい。いったいこの男性はどうしてこうも態度が大きいのか、と疑問を覚えるが、彼の左隣、窓の脇には、小型の日本酒の容器のようなものが置かれている。顔色は変わっていないが、そうかこの人はずいぶん酔っているのかもしれない。ただ、酔っていればどんなことも許されるのかと言えば、そうとは言えないだろう。僕は依然として納得がいかず、気を紛らわそうと駅で買った漫画雑誌を読みはじめるが、自然と、そのページをめくる動作も乱暴になった。ばさばさと紙をめくり、お菓子の袋をばりばり破いた。

「くそ、むかつくな」

隣の隣の男がそう洩らすのがしばらくして、聞こえた。僕の立てる音がうるさくて、眠れなかったのだろう。その瞬間、僕は腹立たしさと同時に、不安も覚えた。ここで言い争いがはじまったら、大変だ。僕が、「その座席はそもそも、間違っているじゃないか」と主張し、彼が謝るとは思えない。むしろ、感情的に何か物騒なことを言ってくる可能性もあった。さて、どうしよう。悩んでいるうちに男は、前の座席の背もたれに両足を投げ出すようにして、つまり横から見れば、上半身と下半身がV字型に折れ曲がるような窮屈な姿勢で、眠りはじめた。

これは威嚇なのか、もしくは小心者の僕を嘲笑《あざわら》うボディランゲージのたぐいなのか、と警戒する。

少しして、「ここは大人しく、場所を移動しよう」と決断した。頭に浮かんだのは、インターネットのポータルサイトに、「伊坂幸太郎新幹線内で騒動」というニュースが表示される場面だった。ここまで来ると考えすぎとしか言いようがないし、僕が新幹線で乗客と言い合いになったくらいで大々的なニュースになるとは到底思えないのだが、心配性の僕の脳裏にはそのニュース見出しがくっきりと映し出された。「恐ろしい恐ろしい」

内心では承服しかねたが、別の車両に移動した。これで良かったのだ、と自分に言い聞かせる。

東京駅で新幹線を降りた時、その車両の中を窓越しに眺めてみれば、僕が席を立った時とまったく同じ姿勢で、背もたれに両足を投げ出したV字型で、依然として彼は眠っていた。乗客のほとんどが降りている中、ずっとそこに残っている彼を眺め、「よっぽど眠かったんだな」と得心がいった。

さて、余計な心配ばかりをしながら生活をしている僕に、この春はさらに恐ろしい出来事が起きた。

北朝鮮のミサイル問題だ。

二月頃だっただろうか、ネットのニュースに、「北朝鮮がミサイル発射の準備か？」というような記事を見つけ（詳細は忘れた）、「あ、俺はまた不安になるぞ」と心配性歴の長い僕はそう思った。

もちろん、政治的なことは分からない。何をどこまで信じるべきなのかも判断できない。が、とにかく、ミサイルが飛んできたら嫌だな、怖いな、やめてくれ、とは思う。どうしてそんなことが許されるのか、と北朝鮮に対し、単純に腹が立つ。そもそも僕たちが十代の頃は米ソ冷戦時代でもあるから、小学生の時に核兵器の存在を知って以降、第三次世界大戦や核戦争、核爆弾、という言葉は、世の中で最も恐ろしいキーワードだった。学校の校庭や近くの広場でサッカーをしている際、空に飛行機の音がするたび、「あ、あそこから核兵器が落ちてくるのかも」と怯え、押し潰されそうな恐怖に泣きたくなったものだ。

三月に入ると、北朝鮮のミサイル問題に関するニュースが日に日に増えた。見なければいいものの、新聞やらネットニュースから目を逸《そ》らすことができなかった。そのうち、「四月の上旬に、人工衛星を発射する」と北朝鮮が言ってきた。もちろん、僕に言ってきたわけではない。人工衛星を打ち上げる際の手続きか何かのために、該当する機関に届出をしたのだそうだ。そして、「通信衛星」の打ち上げは四月四日から八日の間で、ロケットが落下する可能性のある場所を指定した。

僕は震え上がった。いよいよミサイルは（人工衛星ということにしてもいいけれど）発射されるのか、と恐ろしくなる。とは言うものの、同時に少しほっとした部分があったのも事実だ。なぜか？　期間が限定されたからだ。これから毎日、「今日、何かが起きるかも」と怯えて過ごすよりは、「四月の四日から八日」と指定されたほうがこちらも、覚悟ができるというものだ（「ミサイルに対する覚悟」ではなく、「不安になる覚悟」だ）。

それから僕は、四月の予定を確かめた。上京予定が一つあった。去年、僕は本屋大賞という賞をいただいたのだけれど、受賞者は翌年、花束贈呈で授賞式に出席するという慣例があり、そのために上京することになっていたのだ。

不安になる。これは良くない。

「いったい、何が不安なんですか」ある編集者が言った。

「具体的な不安があるんじゃないですけど、ただ、僕だけが家族と離れて、東京に行っている間に限って、何かが起きそうじゃないですか」

「ミサイルが落ちてくる、とか、人工衛星打ち上げが失敗して落ちてくる、とかですか」

「まあ、そういう可能性もありますし、もし、そういう落下がなかったとしてもですよ、険悪なムードになるかもしれないじゃないですか」

「それは、戦争状態になる、とかですか？」この時点で相手はすでに鼻白み、どこか、僕を哀れむような目になる。

「まあ、すぐに戦争になるとは僕も思わないのですが、でも、最近、『迎撃』って言葉が記事に踊ってるじゃないですか。いや、それはそれでいいし、必要なことかもしれないと思うんですけどね、発射して、迎撃ってなると、何だか本当に戦闘状態にあるみたいで、怖いんですよ」

「その言葉が嫌なんですか？」

「言葉だけの問題じゃないですけど、もう少しやんわりとした表現だったらマシかもしれません。たとえば、『迎撃する』と言うんじゃなくて、『ミサイル的なものが空を横断していくので、それによって被害が起きないように、迎撃的なことをします』とか」

「迎撃的な、って何ですか、迎撃ですよね」

「でも少し、優しい感じがするじゃないですか」

「いや、はっきりしないし、ずるい感じがします」

僕はようするに、今の平穏な状態が壊れることが漠然と怖いのだろう。もちろん、今が平穏かと言えば決してそんなことはなく、例によって、毎日、大小さまざまな不安を抱えて、生活しているのだけれど、ただそれにしても、戦争となるとあまりに巨大な変化だ。生活の基盤が根底から崩壊する。思い出すのは、ウィリアム・トレヴァーの「テニスコート」（連作「マティルダのイングランド」のうちの一編）だ。ネタバレになるから詳しくは書けないが、あの最後の展開には心の底から恐怖を覚えた。それは、僕が想像する、「最も起きてほしくない現実」にとても近く、僕が抱えている不安そのものだった。

四月に入り、北朝鮮に関するニュースはますます多くなる。僕はテレビをほとんど観ないため、テレビ番組の世界でどの程度、話題にされているのかは分からなかったけれど、ネットニュースでは頻繁に、新しい情報が表示され、そのたび、僕はびくびくした。

過剰反応だと自分でも思う。ニュースの記事に影響を受けすぎなのだ。たとえば、YAHOO! JAPANを見れば、ニュースの見出しは、八つ並んでいる。僕はせいぜい、仕事の合間にそれを眺め、その八つの中に不安な情報が載っているのを発見し、「怖い怖い」と怯えているに過ぎない。裏を返せば、その八つに不安な見出しがなければ、僕は意外に安心して、生活が送れるのかもしれない。何と単純なことか。

「それなら、おまえを死ぬほど怖がらせるのは簡単だな」ある知人は言った。「単に、そこの見出し全部に、あることないこと、不安なことを並べればいいんだ」

「否定はしない。僕は死ぬほど怖がるだろう」

「でも、おまえが心配したところでどうにもならないことはある。北朝鮮の問題はその最たるものだ。政治家や官僚が誠実に、真剣に仕事をしていると信じて、あとは、日々の生活を送るほかない」

「その通りだ」と僕も思う。ただ、一方で、「僕がこれだけ心配しているからこそ、何も起きないのだ」という気持ちもあった。論理的ではないのは百も承知だ。ただ、すでに、「ここで僕が安心をした途端、恐ろしいことが起きるのではないか。たとえ、馬鹿にされても、心配し続けなくてはいけない」と奇妙な使命感まで生まれていた。こうなるともうどうにもならない。心配することが僕の役割なのだから（と自分で決めてしまったのだから）、安心してはいけないのだ。

北朝鮮の言う、人工衛星発射の期日を待ちながら、ニュースの記事を眺めては恐怖を覚える、そんな日々が続いた。仕事はほとんど手につかず（もちろん、進めてはいたけれど、気もそぞろで）、毎日、コーヒーショップに行っては、「ここでゆっくりコーヒーが飲める日もあとわずかかもしれない」と思ったりした。自分でこう書いていても苦笑せざるを得ない。

ある週刊誌をめくると、北朝鮮に関係した記事が載っていた。北朝鮮について詳しい（と紹介された）人が、コメントを寄せている。とにかく危険や不安を煽《あお》るような記事が多い中、その特集は比較的、安心を感じさせる内容だったために、救われた気分になる。「北朝鮮は核爆弾の小型化に成功していないので、そもそも、核ミサイルとして発射することはできない」とあった。僕の不安は、「核ミサイル」に限定したものではなかったのだが（もっと漠然とした恐怖だったけれど）、そのような意見があるだけでも心強く、なるほど詳しい人の話を聞くとほっとできるものだな、と心が軽くなった。

が、その数日後だ。ネットニュースに、「北朝鮮、核爆弾の小型化技術獲得に成功か米国防情報局」とあり、愕然《がくぜん》とする。何ということだ。あの雑誌で僕を安心させてくれた、「詳しい人」ですら、認識が誤っていたということか。いったい何を信じればいいのか。というよりもなぜ、こんな、発射時期直前にそんなニュースが流れるのか、信じがたい。恨めしい気持ちでネットニュースを眺めていると、「北朝鮮、核小型化成功か」の見出しの下が、「G軍、選手若返り」という内容になっている。混乱した。プロ野球チームのジャイアンツの若手選手が台頭してきた、という話なのだろうが、それと、「北朝鮮、核小型化」のニュースが並列で、同じ大きさで並んでいることに頭を抱える。楽観的になるべきなのか、悲観的になるべきなのか、判断できない。

そして、四月四日、発射予定日がやってきた。僕は仕事をしながらも、北朝鮮の状況とそれに対する日本の対応が心配で仕方がなかった。ただその日は、誤報騒動があったものの、結局、発射はなかった。「早く、終わってくれないものか」と半ば投《な》げ遣りになるような思いで、不安を抱えたまま帰宅した。

その夜、たまたま、妻の古くからの友人が我が家に遊びに来た。食事をし、たわいのない話をしていただけだったのだが、あるタイミングで僕が北朝鮮のことを話題に出すと、彼女は信じがたい反応を見せた。

「あ、あれって明日だっけ?」興味のない映画の公開日に触れるかのような調子で、そう言ったのだ。

僕があれほど毎日気にかけ、「いよいよ明日だ」「ついに今日だ」と思っていた出来事を、彼女はまるで気にしていないのだ。

啞然《あぜん》とした。

「いや、予定では、今日からなんだよ」僕はうろたえながらも語調を強くする。「今日発射されなかったから、明日かも」

「ふーん。今日は土曜出勤だったから、それどころじゃなかったな」

開いた口が塞がらない、とはこのことだ。やがて、納得した。正しい社会人は日々の仕事で忙しいのだ。僕のように余計なことに思い悩む暇などない。溜め息をつく。

結局、北朝鮮は翌日の五日に、それを（ミサイルなのか人工衛星なのか僕にはよく分からないので、それとしか言いようがないものを）発射した。日本の上空を飛び、どこかへ行った。日本側は迎撃行動は起こさなかった。

「良かったじゃない」妻がその日の夜、言った。まるで、僕の仕事のトラブルが無事に解決したかのような言い方だった。

そうじゃない、これはみんなの問題ではないか、みんなを代表して僕は心配をしていたのだ、と説明したが、笑われて終わりだ。

やはり、僕は必要以上に心配性なのだ。そしてその心配は、独り善がりで無責任なものでしかない。その証拠に、四月五日以降、ネットニュースにそれに関する情報があまり載らなくなると、僕は北朝鮮のことをあまり気にかけなくなった。

よし、ようやく心を穏やかにして仕事ができるぞ、と胸を撫で下ろし、落ち着きを取り戻した。

が、つい先日、ある週刊誌の見出しに、「『8・15』北朝鮮ノドン発射、核実験！」とあるのを発見した。さらに少し経つと今度は、豚インフルエンザのニュースが飛び交いはじめる。半年後、次にこのエッセイを書く時、いったいどうなっているんだろう。不安だ。

映画化が多すぎる

2010.5.28

数ヶ月前のことだ。ファミリーレストランの隅のテーブルで仕事をしていた。平日の昼間だったためか人は少なく、婦人たちが三人、前のテーブルにいるだけで、店内は比較的、静かだった。正確には、その静かな店内に、婦人たちの交わす会話が響き渡っている、という具合だった。そのやり取りを聞くともなく聞きながら、ノートパソコンを叩いていた。

そのうちに僕に背中を向けた一人が、「ねえ、ほら、聞いてよ」とうんざりした声を出した。「わたしさ、この間、車で出かけたら夜に渋滞に巻き込まれて。ぜんぜん進まないから何かと思ったら、映画のロケだったのよ」

顔を上げてしまうのを堪《こら》え、耳をそばだてた。

「ああ、ニュースで見た見た。仙台で撮ってるんだってね」

「○○が出てるんだって。あと、○○」と役者の名前を並べる。

それは間違いなく、僕の書いた『ゴールデンスランバー』という小説の映画化の話だ。ゴールデンウィークあたりから仙台でロケをしている、と僕も聞いていた。

「もうさ、やんなっちゃうのよね。渋滞とか」

婦人の愚痴を聞きながら、僕の肩はどんどんすぼまってくる。本当に申し訳ない、と内心で謝った。もちろん僕自身は、映画化の作業には直接、関わっていない。その婦人の通行を妨げる場所で撮影をしよう、と決めたわけでもない。が、僕の小説が映画化されなければ、もっと言ってしまえば、僕のその小説が存在していなければ、彼女は渋滞に巻き込まれなかったのではないか。僕のせいかもしれません、申し訳ありません、と打ち明け、許してもらいたい気持ちになった。

そうこうしていると今度は別の婦人が、「映画といえば、ほら、わたしこの間、あれを観てきたのよ」とはじめる。

僕は少し身構える。

「『重力ピエロ』っていうの」その声に、僕はまた、肩をすぼめる。それも僕の小説を元にし、仙台で撮影をし、公開された映画だったからだ。

「どうだった？」とほかの二人が聞く。声には出さなかったが、僕も聞いた。「どうでした？」

「何かね、暗い話で、やんなっちゃった」本当に申し訳ないです。居たたまれない気持ちになり、もちろん表面上は平気を装い、仕事を続けていたが、内心では必死に謝罪を繰り返した。

「おまえの小説、映画化が多いな。何でもかんでも映画化されるんだな」少し前に知人に言われたことがある。その彼の言い方は批判的であるようにも、評価をしてくれているようにも、どちらにも聞こえた。もちろん、何でもかんでも映画化されているわけではない。昔に比べれば格段に邦画の数が増え、小説や漫画を原作として映像化することも多くなり、僕に限らず、様々な作家の小説の映像化が実現するようになった。ただ、僕の小説の舞台の大半は仙台であり、それを映画化する際にはやはり仙台でロケを行うことが多く、そしてさらに、仙台ロケが行われるたびに、地元として盛り上げようと新聞やテレビが取り上げてくれるため、実際以上に、「何でもかんでも映画化されている」という印象が、仙台に住む知人にはあるのかもしれない。

町を歩いていると、いつも気さくに話しかけてくれる年配のご近所さんが、「今度、映画になるんだね」と声をかけてくれることもしばしばあった。「映画となると忙しいだろう」と。

どうやら、そういう人からすれば、僕の仕事は映画を作ることにも思えるらしく、そう思い遣ってくれる。

「そうですねえ」と答えるものの、実際には映画関連で忙しいことなどないから、少し恐縮する。

なかなか難しいのは、映画の出来について僕がどの程度、関わりを持つべきなのか、ということだ。

たとえば、『アヒルと鴨のコインロッカー』という僕の小説が映画化された時だ。僕はこの映画をとても気に入った。その描かれている空気感が素敵で、試写を観て以降も、DVDで何度も楽しんだ。携わったプロデューサーさんや中村義洋《なかむらよしひろ》監督をはじめとするスタッフさんたち、役者さんたちにも好感が持て、公開前の宣伝時期には、どこか仲間意識すら抱いていたような気がする。「僕たちのこのいい映画を、たくさんの人に観てもらおうぜ！」とでも言うような、そう書くと非常に恥ずかしいが、でもまさにそういう感覚だった。

あれ、と違和感を覚えたのはある取材の最中だ。

「この映画とても良かったです」と取材者に言われ、「そうですね。いいですよね」と答えたところで、「これは僕が作ったものではないぞ」とはたと気づいてしまったのだ。作ったものではないどころか、映画製作にはまるで参加をしておらず、撮影現場の見学には行ったものの、それも邪魔をしに行ったようなもので、荷物の一つも運んでいない。いったい自分は何を偉そうに、この映画について喋っているのか、と恥ずかしくなってしまった。

とはいうものの、僕がその映画に無関係なわけではない。その小説があったからこそ、映画が作られたのだから、必要な存在ではあったわけだ。

「自分が作った野球部の後輩たちが、甲子園に出たような気持ちです」

取材の最中、ふと思い、口にしたのだが、まさにそれがぴったりだった。

野球部の存在しない高校で、僕が奮起し、野球部を設立した。僕が在学中にはそこそこの結果しか残せなかったものの、卒業してしばらくすると、現在の野球部が大活躍をし、甲子園に出場した。僕はそのことを喜び、「やった！　やった！」と喜んでいる。その後輩たちも、「先輩が野球部を作ってくれたおかげです。ありがとうございます！」と声をかけてくれる。そこに偽りがないのも分かる。ただ、甲子園に行ったのは僕ではない。在学中の彼ら、だ。そして、町内の人たちが、「やったねえ。甲子園だねえ」と言ってくる。これは少し微妙な立場だ。考えすぎといえば考えすぎなのだろうか。気になるとどうしようもなく、それ以来、自分の小説の映画化についてコメントを求められた時には、「俺は試合には出ていない。試合には出ていないぞ。いい気になるなよ」と言い聞かせることにしている。

さて、その、『アヒルと鴨のコインロッカー』を映画化してくれた中村監督だが、今年は、冒頭にも書いたように、『ゴールデンスランバー』を仙台で撮影してくれた（そういう意味では、僕と同様、渋滞の原因の一人かもしれない）。一つ年上の中村監督はいつも穏やかで、飄々《ひょうひょう》とし、どこまで本当なのか分からないおかしな話をよくする、いい人だ。撮影現場を見学に行けば、そこでもやはり、穏やかで、飄々としていて、もちろん真剣ではあるのだが、現場全体は居心地が良くて、そういった部分も、僕はとても好きだった。仕事には厳しさが不可欠だとはいえ、雰囲気良く、傑作が作り出せるのならばそれに越したことはない。

少し前に、一番町にあるマクドナルドで小説を書き、お店から出たら、アーケード通りが賑わっていた。お祭りかと思ったが、そういう華やかな雰囲気はなく、どちらかといえば工事中の様子で、何らかの準備をしている人たちがうろうろしていた。何だろう、邪魔だな、と迷惑に感じながら大通りへと歩いていく。すると、大きなカメラやコードが目に入り、「おや、もしかすると」と思ったら、中村監督の姿が目に入った。『ゴールデンスランバー』の撮影を行っているらしかった。一番町通りでの撮影日があるとは知っていたが、その日程までは覚えていなかったから、とても焦った。端を歩く通行人たちの顔が、心なしか迷惑そうに見える。「おまえのせいで、真ん中を歩けないではないか」と僕を睨《にら》んでくるかのような、被害妄想にも似た思いに駆られる。

ここから早く遠ざからなくてはいけない、と思った。甲子園を目指す彼らの練習に、野球部から引退した自分が顔を出しては迷惑になる。

が、結局、こそこそと近づき、中村監督に声をかけることにした。そんな場所で偶然、撮影現場に遭遇するだなんて珍しいことであるし、何もせずに通り過ぎるのも寂しいと思ったのだ。

「中村さん、何をやっているんですか」

そう言うと、中村監督は驚いた顔をし、こんな大事な時に声をかけてくるなんて、と困ったのかもしれないが、それでもすぐに、「あれ？」と笑ってくれた。

「たまたま通りかかったんです」何だか言い訳がましいな、と自分でも思った。

「いやあ、今ね、撮影をしているんですよ。『ゴールデンスランバー』というやつなんですけど」中村監督はそこでとても真剣な面持ちになると、一番町通りの臍《へそ》とも言える、ファッションビル「FORUS」を指差し、「あそこで、主人公が待ち合わせをする場面なんです。森田森吾という登場人物がいるんですけどね」と、あたかも僕がその小説を知らないかのように親切に説明してくれ、「なかなか面白いお話なんですよ」とうなずくので、可笑しかった。

仙台でロケが行われた、映画『ゴールデンスランバー』はすでに完成している。らしい。そういった連絡が先日、あった。ちょうど一週間後（といっても、あくまでもこれを書いている時点からなのだけれど）、試写を観に行く予定で、果たしてどんな映画になっているのか楽しみだ。

ただ、不安もある。

映画の出来とはまったく別の不安だ。

トイレのことだ。

これは僕の体質なのか、それとも心理的なものが影響しているのか、定かではないのだが、映画を観ているとその最中に必ず、小便に行きたくなる。もちろん、上映直前にトイレに行くことにはしている。にもかかわらず、観ている最中に尿意を催し、そわそわとしてしまう。上映時間が二時間であれば、少なくとも一回、多ければ二回はトイレに席を立つ。

意識すればするほどそうなる。

だから中盤になると、いったいどのタイミングでトイレに行こうか、とそればかり考えてしまう。できれば重要な場面は見逃したくない。盛り上がったシーンが一段落ついたあたりがいい。面白い映画に限って、そういった息継ぎできる部分が少なくて、そのたび悩む。明らかにドラマに関係なさそうな、ベッドシーンが出てきたら退席することにはしているものの、いつも都合よくベッドシーンが登場するわけでもない。先日、観た映画では、最後の最後、主人公が敵に捕らえられたところでさすがに我慢ができず、トイレに行った。できる限りの速さで戻ってきた時には、すでに、主人公は自由の身になり、八面六臂《はちめんろっぴ》の活躍を見せていた。いったい、どうやって彼が解放されたのか、逃げられたのか、今もって分からない。

そういうわけで、僕は映画を観に行くとトイレが近くなる。つまり、試写の際にもその可能性は高い。ただ、試写を観ている最中に、原作者が席を立ったら、周囲にいる人はどう思うだろうか。おそらく、「映画の出来に怒って、退出したのか」と焦ってしまうのではないか、と思わないでもない。

実際には気に入っているにもかかわらず、「不満だったのか」と思われてしまうのは寂しく、それ以上に、一瞬ではあっても、関係者の人たちを慌てさせてしまうのは不本意だ。

ではどうすべきなのか。

正直なところ、良い解決策は見つかっていないのだが、今のところ、「旱魃作戦《かんばつさくせん》」とでも呼ぶべき、対策を考えている。つまり、「水分を取らなければ、小便も出ないのではないか」というシンプルな思いから、試写の日はできる限り、水分を口にせず、上映に備えよう、というわけだ。その日は、試写の前にも打ち合わせや取材がある予定だが、その間、コーヒーはおろか水にも手を出さず、喉をからからにしながら乗り切る。そうすれば、さすがに小便をしたくはならないだろう。違うだろうか。ただ、インフルエンザの予防には、水分で喉を潤しておいたほうがいい、という話も以前、耳にした。果たしてどうなることやら。

相変わらず、心配事が尽きない。今回も結局、心配事が多すぎる、という話になってしまった。

多すぎる、を振り返る

2010.12.28

この、「多すぎる」エッセイもひとまず、今回でおしまいとなる。第一回目（『仙台学』第一号）が二〇〇五年の七月発行だから、五年以上が経っている。そんなに長かったのか。最初、荒蝦夷《あらえみし》編集部から来た依頼の内容がどういうものであったのかは忘れている。ただ、当初、目論《もくろ》んでいたのは、エッセイに見せかけたフィクションだった。仙台での生活について、実話を織り交ぜながら作り話を書いていけば、平凡な日々を過ごしている僕でもどうにかなるのではないか、と考えたのだ。面白い実話はそうそう起きなくとも、面白い作り話であれば、どうにかなるのではないか、と。が、そうは甘くなかった。当たり前のことではあるが、面白い作り話を考えるのは容易ではなく、作り話と現実のバランスを取るのも難しかった。結局、最初の、「タクシー」の話の時こそ、半分ほど創作したものの、第二回以降は基本的に、実話を書きつらねることに専念した。

今回は、これまで取り上げてきた、「多すぎる」を再度、振り返ってみる。

まずは、「タクシーが多すぎる」だ。規制緩和で台数が増えすぎ、運転手さんたちの水揚げが減り、大変なことになった。ようやく業界として台数を減らす方向に動きはじめてきたらしいが、先日乗ったタクシーの運転手さんは見るからに元気がなかった。

「リーマンショックの後はね、もう、酷いよ。規制緩和の時に、こりゃもう最低だと思ったけれど、あれはまだマシだった。もっと下があるとは思わなかったよ」と達観したかのように言う。

五年前、このエッセイで書いた頃はどの運転手さんも、「今まで、こんなに稼げないのははじめてだ」と嘆いていたが、今は、その時がマシに思えるほどの状態らしい。いったい何がいけないのか。どこに突破口があるのか。僕には当然ながら、思いつくこともできない。

「今はね、運転手になってもみんなすぐに辞めていくよ。あまりに稼げないから」

とはいえ、先日はこういうこともあった。

家の近くでタクシーに乗った時のことだ。僕は、運転手さんと話す際には、「運転手さんは、この仕事、長いんですか？」と声をかけることが多い。「もう二十年以上やっているよ」と言われれば、「それは長いですね」とバブルの頃の話を聞かせてもらえるし、「まだ日が浅いです」と答える人には、運転手の仕事をはじめてみた感想を聞ける。あまり差しさわりがなく、話題の取っ掛かりを見つけられるのだ。

その時の運転手さんは還暦は過ぎていると思しき、白髪の男性だった。落ち着いた人だな、と思いながら早速、「この仕事は長いんですか？」とぶつけてみる。今までの経験からすると、これくらいの年齢の人であると、バブル時期からタクシーに乗っている場合が多かった。

すると運転手さんはハンドルを握り、貫禄のある声で、「お客さん、聞いたらびっくりしますよ」と言う。

よほど長いのか、と想像し、「ど、どれくらいですか？」と聞き返す。

「お客さんがはじめてのお客さんです」

のけぞりそうになった。もちろん冗談ではないらしく、研修を終え、その朝に走りはじめたばかりなのだという。記念の乗客になれた気がして、嬉しくなり、お釣りはいりません、と言ってみた。

第二回と第六回で書いた、「見知らぬ知人」について。今も、見知らぬ知人はいる。僕のことを（僕の本のことを）知ってくれている人が、時折、声をかけてくれる。おそらく、会った人の大半が、「こんな男が小説を書いているのか」と落胆しているだろう。本当に胸が痛いのだが、わざわざ話しかけてくれるのはやはり、ありがたい。「これからも頑張ってください」と言ってくれることもあり、こちらが不快になるようなことは今まで経験したことがないのだから、恵まれているのかもしれない。

時には、「あのお、何かを書いてる人ですよね？」と曖昧な言い方で接してくれる人もいた。

何かを書いている、と言われれば、世の中の大半の人は、何かを書いているようにも思える。

僕も釣られ、「はい、何か書いているんです」と曖昧に答えてしまったのだが、さらに、サインをください、と言われ、ここで僕がもし、「夏目漱石」とサインをしてもばれないのではないか、と思ったこともあった。

つい先日、銀行の窓口に行った時のことだ。単に、「長い間、放っておいた通帳に記帳をしてもらう」という情けない用事だったのだが、窓口の女性は親切に応対してくれた。

そして通帳を受け取った僕が立ち去ろうとしたところで、「あの」とその女性行員が言いづらそうに、呼びかけてきたため、僕は反射的に、「この人も僕の読者なのだな」と感じ取った。

この若いお嬢さんも本を読んでくれているのか、ありがたいものだな、と。

が、そこで彼女の口から飛び出したのは、「あの、積み立てに興味はありませんか？」という台詞だった。「ですよね」と言いそうになる。あまりの自意識過剰ぶりに、僕は赤面してしまう。恥ずかしいため、「積み立てのこと、少し興味があるので、資料をください」と言い、説明資料をもらって、帰ってきた。何をやっているのやら。

第三回目で書いたのは、「消えるお店が多すぎる」だった。悲しいことにこれも依然として、いまだに多い。ある日、いつも通っていた店にシャッターが降りていて、愕然とする経験はまだ、続いている。

最近、一番ショックを受けたのは、仙台の一番町通りにあった、CDショップ、HMVが閉店となることだった。品揃えも豊富で、通りに面した一、二階が店舗であるため、立ち寄るのにも楽で、よく通っていた。特にDVDはたくさん置かれていたため、そこで購入することが多かった。確か、『ゴールデンスランバー』の映画公開の際にも、イベントを開催してくれたはずだ。

つい先日、貼り紙がしてあり、十一月の上旬で閉店になるという。なんということだろうか。もっと僕がCDやDVDを買えば良かったのか？　試聴ばかりしていたのがいけなかったのか？　これほど大きなお店が空いてしまったら、この通りはさらに寂しくなるだろう。いろんな思いが過る。

僕はよく、仙台の街中に出かけ、コーヒーショップやファストフードの店を転々とするのだが、「ここは仕事がやりやすいぞ」と思っているところばかりが閉店していくような、そんな気がしていた。はじめはただの偶然か、もしくは、「逃がした魚は大きい」の心理でそう感じるだけなのだろうと考えていたが、最近になり、そうではないと気づいた。僕が仕事をしやすい場所は、「立地条件が良く」かつ「混んでいない」店なのだ。立地が良ければ通いやすいし、混んでいないほうが容易に座れ、場合によっては長居も可能だ。が、考えてみれば、立地条件の良い店舗は家賃も高いに違いなく、そこが混んでいないのであれば、経営が厳しくなるのは自然なことだろう。つまり、僕の気に入る店は、その条件から考えても、消えていく運命にあるのだ。悲しい規則性に気づき、しんみりしてしまう。

「機械まかせが多すぎる」では車のことを書いた。我が家の車は、当たり前ながら、まだ現役で活躍中だ。僕の運転ミスで後輪近くの車体に傷がついたり、僕の運転ミスで車体の横に細かい線が刻まれたり、と外見は少し変わってしまった部分もあるが、大きな問題はない。

最近、機械まかせのエピソードが何かあるだろうか、と思い浮かべてみると、あった。掃除機だ。つい先日、前々から気になっていた、お掃除ロボットなる商品を購入してみたのだ。円盤のような形をしていて、回転しながら床を移動する。買っておいて言うのも何だが、ずいぶん値の張るものだったため、購入についてはかなり逡巡《しゅんじゅん》した。が、試してみたい、という気持ちが勝った。

　なかなかの優れものだ。部屋に置き、ボタンを押すとおもむろに移動をはじめ、次々と埃《ほこり》を集めていく。センサーのおかげなのか、階段から落ちることもなく、壁に当たれば柔らかい動きで方向を変える。走行ルートがどのようにプログラムされているのか分からないが、放っておくと部屋を熱心に走り回り、掃除を終えると（終わりだと機械が判断すると）勝手に停止する。充電器がセットしてあれば、そこに自分で戻って、止まっている。まるで、仕事を終えおうちに帰り、眠っているようにも見えるため、うっかり、愛らしく思いそうになる。

　もちろん万能ではない。彼は彼なりに（男と決め付けてしまったが）技や知恵を駆使して、隈《くま》なく走行しようとするのだが、家具や荷物が多い場所であると、どうしても掃除が難しい箇所が出てくる。もしかすると僕の使い方が悪いのかもしれないが、そういった時はこちらが少し手を貸してあげなくてはならない。まあ、それくらいのほうが（完璧すぎないため）ほっとするところはある。

　一方、几帳面《きちょうめん》で、綺麗《きれい》好《ず》きの妻はお掃除ロボットに頼ることなく、自分でも掃除機をかけているのだが、五年前に購入した、従来の掃除機を眺めながら、「お掃除ロボットがやってきて、こっちの掃除機はいったいどんな気持ちなのだろうか」と悲しいことを口にした。そんなことを言われると、機械相手であるのに（こちらが勝手に擬人化をしているだけであるのに）、感傷的にならざるをえない。が、もし、僕であれば、と想像する。「使える新人がやってきて、こっちは働かなくていいから楽ちんでいいや。ラッキーだ」と思うかもしれない。それとも、自らの立場が追いやられる危機感に押し潰されてしまうのだろうか。

そのことばかりを考えているわけにもいかないため（勝手に擬人化しているだけなのだし）、お掃除ロボットを今日も働かせる。そして本来の機能以上に、子供への圧力としても使えることを発見する。「おもちゃ片付けないと、掃除機が勝手に吸い込んじゃうぞ」これはなかなか効果があった。子供の躾《しつけ》も機械まかせだ。

そして、第五回で触れた、「猫」だが、最近になり、いっそう僕を悩ませている。以前は、野良猫（飼い猫もいるのかもしれない）が庭にやってきても、フンをするのはごくたまにであって、見つけた時には、「ああ、されちゃったな」と妻が始末をしていたのだが、それが頻発するようになったのだ。ほぼ毎日と言って良かった。夏は散々だった。庭に出ると、ハエがぴゅんぴゅんと、「いいもの見つけたぜ」と言わんばかりに飛び回っている箇所があり、近づいてみればそこには、猫のフンがある。独特の匂いが、つらい。とりあえず、朝になると僕がビニールと安いスコップを持ち、庭を調べ、その日、発表されたばかりの新作（フンなんですが）を処理することが日課となった。難しい作業ではなかったが、気が滅入《めい》る。しかも、これではどこかに旅行に行った日には大変なことになる。毎日、新作が発表され、しかもそれは複数の猫によるものだから、三日もいなければ、庭は発表会か展示場のようになっていること請け合いだ。

はじめは、「猫の嫌いな匂いの粉末」であるとか、「猫が座れない敷物」であるとか、そういったものを対策として、使ってみたのだが、効果はなかった。猫は、「慣れる」性質らしく、「匂い」にも慣れるのだという。数日は効き目があっても、また、フンをされる。

これはいかんぞ、と僕は慌て、そして、例の方策に辿《たど》り着く。つまり、機械まかせ、だ。

インターネットを駆使して調べると、「超音波で猫を寄せつけない」という器具が売られていた。赤外線のセンサーがあり、猫が近づくと超音波を発するのだという。人間にはほとんど聞こえないが、猫は不愉快に感じる音らしい。なるほど、と試しに一つ買ってみて、設置した。いつもフンをされる場所を守る向きで、置いてみる。果たして効果はあるのかしら、と半信半疑で朝を迎えると、これが見事に、成功だった。フンはそこにはなかった。が、別の場所にはあった。がっくりきそうになる。ただ、もしかすると、死角を作らぬように、何台か設置すれば庭を守ることもできるかもしれない。希望が出てきた。

どうせならば、お掃除ロボットのように、庭を自由に動き回り、猫を見つけたら自動的に超音波を発する機械が売られていないのか、と思う。そこまで機械まかせにしたがる自分に呆れもする。

前回、第九回で取り上げたのは、「映画化が多すぎる」だ。映画化について、今は、進行中のものはない。もともとオファーがないのかもしれないし、僕自身が映画化から距離を取ろうとしているところもある。かたくなに、「絶対、映像化したくない！」と意思を固めているわけではないのだが、やはり僕には、華やかで、たくさんの観客を相手にする大きなメディアよりも、地味で、こそこそ仕事ができる小説のほうが向いているのかもしれない。今までの映像化作品に不満はない。ただ、これ以上、映像化が続くと、「映画を観れば、小説を読まなくてもいいや」と思われてしまうのではないか、とそんなことを感じはじめてもきた。もちろん一方で、自分の新作が、好きな映画監督や役者さんの力によって映像化されたらどういうものになるのか、といった興味はいつだってある。僕だけが観られる映画、みたいなものがあればいいのだけれど、そういうわけにはいかない。いろいろ、試行錯誤しながら、折り合いをつけていければいいな、と今は思っている。

というわけで、過去の、「多すぎる」の「今」を書いてみた。まだ触れていないのは、「心配事が多すぎる」のことだが、これはもうあえて触れる必要もない。僕は常に、心配事があり、悲観的だからだ。おそらく、永遠にそうだろう。第七回のエッセイを書いていた頃は、北朝鮮のテポドン発射のニュースに毎日、怯えていた。世の中はどうなってしまうのか、とびくびくし、今年のはじめには、週刊誌に載った、「年内に、日本経済は破綻する。ハイパーインフレで、タクシー代が二百万円ということにもなりかねない」という記事に青褪《あおざ》めた。今のところ、その兆しはない。おそらく僕がニュースに踊らされたのではなく、僕の恐怖心が、世の中を守っているのだろう。ただ、最近も、国内においても、外交においても、僕を不安にさせるニュースが溢れている。来年はいったいどうなっているのだろうか。心配は尽きない。

今回のこの原稿が総集編であるのは、「題材を思いつかなかったのだろう」と見破られるのではないか、とそのことすら心配だ。

嶽々温泉で温泉仙人にあう

2007.11.29

あった。

「何もありません」

和室のテーブルに置かれた、峩々温泉《ががおんせん》の旅館案内のような冊子をめくるとそう書いてあった。

もちろん何もないわけがない。美味しい料理は出てくるし、露天風呂もある。周囲には山と川がある。つまり、「それ以外には何もありませんよ」という意味だ。

冷蔵庫の中身はどうなってるのかしら、と開けてみると、よく見かけるジュースやお酒のたぐいは一切なく、ただ、岩清水の入ったペットボトルとグラスが入っていた。

何もありません、と胸を張って言えるのは、自信の裏返しだ。

温泉に出かけることになったのは、いつもお世話になっている『仙台学』編集部のHさんが、僕が仕事をしているコーヒーショップに突然やってきて、「ねえ、伊坂さん、温泉興味ない？」と言ってきたことがはじまりだ。

「そりゃありますよ」「じゃあ、行こうか？」

「どこにですか」「寝々温泉へ！」

僕はその時はまだ、申し訳ないことに寝々温泉のことを知らなかったので、「どんな字を書くんですか？」「ガガガ温泉？」「どこにあるんですか」と初歩的な質問をした。

「一軒宿なんだよ」とHさんは、穏やかながらも景気が良さそうに言う。「寝々温泉には寝々温泉という旅館があるだけなんだ。もともとは鹿が入ってたらしいけど」

「鹿？」

「伊坂さん、鹿、好き？」

「好きとか嫌いとか考えたことないです」

「じゃあ、行こう」

寝々温泉への道はそれほど難しい順路ではなく、一本道ではあったのだけれど、その一本が相当にくねくねと曲がっていた。細い道の両側は林というか山の木々で、対向車が来ないことを祈りながら、何せ僕はさほど運転が上手《うま》くないので、びくびくしつつ進んだ。

緩やかな左カーブの先に建物が見えはじめる。「あれだ」と思っているうちにどんどんと建物が近づいてくる。この辺に鹿がいたのかなあ、と思った。

蔵々温泉の歴史はそもそもは、江戸時代後期に、現在の山形市の猟師の六治《ろくじ》さんが、手負いの鹿が湯浴《ゆあ》みをしているのを見つけたところからはじまるらしい。発見の由来にちなんで、「鹿の湯」として親しまれた。ただ、それもいつしか廃れてしまい、今度は明治の初期に、群馬県人の竹内時保《たけうちときやす》さんが東北を訪れた時に、再発見されたのだという。それから、「蔵々温泉」として今に至る。

パンフレットやホームページに書かれている内容を要約すればそんな感じだ。

鹿君が湯浴みをしていた、という発端はのんびりとした伝承を思わせて、僕好みだった。後で聞いた話だと僕が蔵々温泉を訪れた日にも、険しい崖にカモシカの親子の姿があった、と教えてもらった。

「この時期は、崖の歩き方を教えるために、親子がよく来るんですよ」そう言った蔵々温泉の青年は、カモシカのことを「カモシカ君」と呼んでいて、それがまたなんだか可愛らしかった。

部屋に入った僕はさっそく、浴場に向かった。タオルを持って、脱衣所に入る。すると湯気の溢れてくる中からちょうど、裸の男性が出てくるところだった。小柄ながらも白髪の髭を生やし、仙人のようでもあった。

「こんにちは」と挨拶をすると彼は、「ここははじめて?」と訊ねてきた。

温泉仙人のような貫禄を持っているこの男性はこの宿の常連客としか見えず、僕は恐る恐る、初心者であることを申し訳なく思いながら、「はじめてです」と挨拶した。

すると驚くことに彼も、「わたしも」と微笑んだ。

何だ驚かさないでくださいよ、と思ったがこれはもしかすると僕を油断させるための作戦かもしれないな、と気を引き締める。僕を油断させることで何かメリットがあるのかどうか、ということまでは深く、考えなかった。

浴場には湯船が二つあった。

一つは普通に身体を沈め、温まるための湯船だ。ちょうどよい温度で、これがまた気持ちいい。壁側に背をつけ、落ち着いていると視線の先に別の湯船が見える。そちらは、かけ湯用のものだ。

温度が高めで、入るのではなく、竹で作った筒で湯を汲《く》み、お腹にかけるものらしい。峩々温泉の泉質は、胃腸病の日本三大名湯と言われると聞いた。湯治客《とうじきゃく》は、かけ湯百回、とお腹に百回もかけると昔から言われているんですよ、と聞いていたから、胃弱で腸も弱い僕としてはやらないわけにはいかない。さっそく湯の脇に寝て、竹筒で湯を汲んではお腹にかけてみる。作業は単純だけれど心地良く、しばらくは夢中になってしまった。

それが終わると今度は、露天風呂に向かう。いつの間にか、先ほど脱衣所で会った温泉仙人さんがそこにいた。

旅館と川を挟んだ向かい側には、岩壁がある。巨大な彫刻刀で削ったかのような荒々しい傷跡じみたその壁が、こちらを見下ろすようでもある。真上の空を見やって、徐々に視線を下へと移動させると、まず雲があって、その下方に木々があって、岩壁があって、と続く。そのさらに下には、緩やかに流れる川がある。湯船でぼんやりしていると、静かさが深まってくる。「何もありません」という部屋にあった文章が頭に甦《よみがえ》る。「ここは、団体客は取らないらしいし、カラオケとかないし、いいね」温泉仙人さんが言った。

「ですねえ」

どうやら、団体客も宴会もカラオケも不要だ、と決めたのは今の女将さんらしかった。

お会いした女将さんはこう言っていた。

「結婚前の主人は、僕の一番嫌いなのは、釣った魚には餌をやらないような、そんな男だと言ってたのよ」

「いい人ですね」

「嘘ばっかりよ」

僕は可笑しくて、噴き出した。

「結婚前はね、『君にやってほしい仕事は、宿泊客にいらっしゃいませ、と言うような、そういう仕事じゃないんだ』とか言われてね」と女将さんは続ける。

「実際は違ったんですか？」

「女将さんが、いらっしゃいませ、って言わないわけないですよお。まんまと騙《だま》されたわ」

話を聞いていると女将さんはいろいろなアイディアに富んでいて、人当たりも良く、温泉の女将さんにはとても相応《ふさわ》しいように思えたから、たぶん、五代目のご主人はその資質を見抜いていて、だから騙してでもお嫁に来て欲しかったのではないか、と僕は想像した。

僕よりいくつか年下の六代目は、若いながらも芯がしっかりしている様子で、颯爽《さっそう》としていた。

「学校の後で、社会経験を積んでいるうちに分かったんですけど、家業というのは嫌々やるのが前提なんですよ」と言った。僕はやっぱり噴き出してしまったが、同時に感心した。

確かに言われてみれば、嫌々ながらも使命感を持って続けることが家業なのかもしれない。好きではじめた仕事は、嫌いになったとたんに終わるけれど、「嫌々」がベースにあるのならこれはなかなか終わらない。

僕は正直なところ、温泉旅館の経営については無知なので旅館の経営や手法のことをつべこべ言うことはできないのだけれど、ただ、六代目が、「同業者のいろいろな人を見ていると、旅を扱う者、山を守る者としてのプライドがないような気がするんですよ」と言っていたのは印象的だった。

思えば、寝々温泉の「寝々」という字には山かんむりがついている。もともと、「寝々」とは、荒々しいごつごつした感じを表すもので、目の前の岩壁を指して付けられたらしいのだけれど、ただ、見ようによっては、「我々は山の下にいますよ」「我々の上には山がいるんですよ」と宣言しているようにも見える。自分たちよりも上位に何かを置き、謙虚な気持ちを忘れないようにする、というのは僕の好きなことで、だから、「我々は山のおかげでここにいる」という精神をもしかするとこの温泉の人たちは無意識にも持っているのかもしれないな、と思った。実際、そのことが関係しているわけではないのだろうが、僕が会った、旅館の従業員は全員、腰が低く、自然体で、気持ちが良い人ばかりだった。

今度、そのあたりについて、温泉仙人に会ったら聞いてみたい。

いずれまた

2011.4.13

仙台駅の前を通りかかったところ、駅の建物に覆いがされていた。復旧工事のためなのだろう。足場やクレーンも見える。

眺めているうちに、中学生の頃、手首を骨折した時のことを思い出した。覆われた仙台駅が、包帯を巻かれた腕と重なった。

骨を折った十代の僕は、痛みや吐き気以上に、「もう絵も描けないし、バスケもできないのか」という不安に襲われていた。もちろん、骨はいずれ繋《つな》がる、と分かってはいたものの、接骨院で見たレントゲン写真には、はっきりと切断された骨が写っており、それが元に戻るとは到底思えなかった。少し動かすだけで手の芯に嫌な痛みが走るため、学校に通い、日常生活を送りつつも、常に暗い思いが付き纏《まと》っていた。

とはいえ、折れた手首を労《いたわ》りながら、無理をせぬように気をつけ、接骨院に通い、一日一日を過ごしているうちに、やがて包帯は取れた。手首は動き、絵も描けるようになり、ボールにも触れた。そしてそのうち、自分が骨折した事実すら忘れた。

もちろん、この震災が、僕の些細《ささい》な骨折と似たようなものとそんなことを言いたいわけではない。ただ、「同じようになればいいな」と願う気持ちはある。

震災で僕たちは、僕たちの町は、もっと範囲を広げれば僕たちの国は、あちらこちらの骨が折れた。心が骨折したとしか言いようのない感覚に襲われている。

この、骨折がいつか治り、また何事もなく飛び跳ねることができるようになるとは、僕にはまだ思えない。先行きは分からない上に、原発事故なる問題もあるのだから、絶望的になるなというほうが無理がある。これから状況が落ち着いてくれれば、また別の種類の不快な悩みが出てくる可能性もある。心無い人が現われ、被災地の人たちが苦しめられるような予感もある。

でも、そうであっても、包帯をしっかりと巻き、自分たちを労り、時にリハビリをし、そして何よりも捨て鉢にならずに日常を続けていけば、いずれまた骨は繋がるのではないか、そうなればいいな、と縋るように思う自分がいるのも事実だ。

正直なことを言えば、震災後、ずっと途方に暮れていた。僕自身は、大きな被害はほとんど受けていないにもかかわらず、役に立たない自分に落胆し、さまざまな不安を前に茫然とするだけだった。ただ、不眠不休で働いているだろう、さまざまな業種の人たちを見かけたり、公務員の友人から、「今が、がんばり時だから」と前向きなメールが届いたりすると、いつまでもおろおろしているわけにはいかないと感じるようになった。

ブルーハーツの歌詞に倣うわけではないけれど、「この地震でへこたれるために、今まで生きてきたわけではないのだ」と自分自身に言い聞かせている。

仙台文学館へのメッセージ

2011.4.18

震災後、こういった時にまったく役に立たない自分に落胆しつつ、ずっと途方に暮れていました。今も、途方に暮れてはいるのですが、いつまでもそうしているわけにはいきません。仙台の街はだんだん日常を取り戻そうとしています。余震の恐怖もある中、果敢な再起動と言える部分もあるのかもしれませんが、とても心強く感じられます。

これから仙台が、東北が、社会がどうなっていくのかはまったく分かりません。が、どうせ分からないのであれば、明るい未来を想像したいな、と最近ようやく思うようになりました。それはとても難しいですけれど、想像するくらいであれば、そしてそれを少し信じることくらいであれば、やってやれないことはないような気もしています。

震災のあと

2011.4.26

震災から一ヶ月が経つ。はじめに言えば、僕自身は大きな被害は受けなかった。仙台にいるものの家族は無事で、家も残っている。大変な状況にある人たちに比べれば、かなりダメージは少ない。ただ、それでも、心がくたびれている。生活は日常に戻ってきたはずであるのに、気持ちはなかなか元に戻ってこない。

何を書けばいいのか分からないうちに、この原稿の締め切りが近づいてきた。とりあえず、と思う。あまり深いことを考えず、この一ヶ月に起きたことを、そして感じたことを、思いつくままに書いてみよう。少なくとも、「体験を整理し、まとめる精神状態にはない」という記録にはなるだろう。

と、ここまで書き、パソコンを落とし、寝る準備をしようとしたところ、強い余震が来た。四月七日の夜だ。寝ている子供を守るように、妻が抱きかかえる。家具が揺れ、家が震動する。なかなかおさまらない。恐怖を覚える一方で、またか、と呆れる気持ちもあった。どうすればいいのだ、と。揺れが止まり、電気も止まった。水は出る。懐中電灯を使い、割れた食器を片付け、風呂に溜めた水が溢れたためにびしょびしょになった廊下を、タオルで拭く。冷凍庫の中から冷凍食品を出し、クーラーボックスに入れた。こんなことならガスコンロのボンベを買っておくべきだったな、と悔やむ。ラジオを聴き、震源が宮城県沖だと知る。原発事故で大変な、福島のほうは大丈夫かと気にかかる。が、できることは何もないのだから、と眠ることにした。

朝が来て、子供に、「また停電だよ。テレビ観られなくなっちゃったよ」と伝えると、「何だ、またはじめからやり直しかよー」とのんきに言うので、少し笑った。はじめからやり直し。確かにその通りかもしれない。が、それも仕方がない。何度、巣を壊されても、粛々と巣を作り直す蟻《あり》のことを思い浮かべる。僕たちだって、何度も何度も、やり直すほかない。

停電生活再開か、と覚悟を決めたが、少しすると電気が復旧した。ほっとする。本当に助かった。電気が通じることがこれほど重要とは、この震災を受けるまで、感じたことがなかった。

そして今、この原稿をまた書きはじめた。いつまた地震が来るのか、それとも来ないのか、来週はどうなっているのか、この原稿が雑誌に載る時はどうなのか、まるで想像がつかない。

やはり思いつくがままに書いていく。地震に遭った時からの出来事は、仙台の市内に住んでいる人であれば、みな、同じように経験しているに違いないから、わざわざここで記す必要があるとも思いにくいけれど、僕自身が落ち着くために書く。

三月十一日、あの地震が起きた時、僕は仙台駅東口のビルの一階、喫茶店にいた。いつもそうしているように、一番奥のテーブルで、ノートパソコンを開き、小説を書いていた。小さな横揺れがあり、地震には気づいた。

そのうち止まるだろう、と高をくくっていたのだけれど、途中で、ギアを変えたかのように、激しく横に揺れ出した。床が左右に動き、椅子も移動する。

揺れがさらに強くなり、店内の客も騒然となり、誰かが悲鳴を上げて、外に出て行った。そこでようやく僕も、「まずいかもしれない」とノートパソコンをしまう。店長さんが、「代金は今度でいいですから」と大声を上げ、僕たちを外に出した。

ビルの外には大勢の人たちが立ち尽くしていた。まさに、大きな獣が僕たちの下にいて、ぐらぐらと身体を揺するかのようだった。振り落とされるようにも思える。地面が割れる、と本気で思った。

止まれ、止まれ、と何度も念じたが、なかなか止まらない。別の小さなビルが、倒れんばかりに大きく揺れ、それを見て誰かが、「あのビル、壊れちゃうんじゃないの」と震える声で言った。

揺れが終わった瞬間、全部が止まった。電気が途絶え、携帯電話も繋がらなくなった。家に向かう途中では、線路の踏切がずっと鳴りっぱなしで、横切ることができない。信号はどこも消えていた。交通事故が起きていないことが不思議でならなかった。

家に戻り、子供を幼稚園に迎えに行き、家族で合流できると少しほっとできたのは確かだが、何が起きているのか把握できない。そうこうしているうちに日は暮れた。家の電気も外灯もない。早めに布団に入るが、余震のたびに目が覚め、ほとんど眠れなかった。

朝になり、外に出た。夢ではなかったのだ、と思うが、実感は湧かない。はじめて会う近所の人と目が合い、会釈をする。「大丈夫ですか」「大変なことになりましたね」と自然と挨拶が出る。

何はともあれ、食糧を手に入れないとならない、と思ったのは僕だったか、妻だったか、とにかくあちらこちらをうろうろしているうちに、あるお店が営業を開始すると分かる。すでに列ができており、家族で並んだ。果たして何を売ってくれるのか、何が自分たちに必要なのかも分からないが、最後尾に続く。すぐに人が集まり、後ろにも列ができていく。買い物の列に並んだだけではあるが、「やるべきこと」があるのはありがたかった。そうでなければ、どうしていいのか分からなかった。

私服の店員たちが列を整理しにくる。彼らも間違いなく、被災しており、自宅の片付けもできていないだろうに、と思うと、ありがたくて仕方がなかった。列に並んでいる最中、「お一人様、商品は十点までです」と説明がある。果たして、何を買えばいいのか、と妻と相談するが、思い浮かばない。すると背後にいる家族のうち、小さな子が、「飴《あめ》がいい！」と言った。父親が、「おまえ、貴重な一点を、飴にするのか」と言うので、僕も笑ってしまう。

結局、そこに三時間近く並んでいたのだが、途中で、電気工事のトラックが何台も通り過ぎた。もちろん彼らがすぐ僕たちの町で作業をはじめるわけではないだろう。通過していくだけだ。ただ、電気の復旧を心待ちにしている僕たちは、それを見るだけで、興奮した。待ってました！　早く直してください！　と念じる。近所の人も、「がんばって」と呼びかける。

ふとナンバープレートを見ると、「新潟」と書かれていることに気づいた。「あ、新潟から来たんだ」と誰かがぼそっと言うと、別の誰かが、「夜、出てくれたんだね」とささやく。

言われて、はっとした。確かに、その時間に仙台に到着しているということは、夜のうちに新潟を出発してくれたのかもしれない。準備やら移動を考えると、地震のことを知って、さほど時間が経たぬうちに、こちらを助けるために出てきてくれたのだろう。あちらこちらでそういった人が、働きはじめているに違いなかった。感動というべきなのか、感謝というべきなのか。もしかすると震災後、最初に泣いたのはその時かもしれない。

後になり、『仙台学』の編集者、土方《ひじかた》さんから教えてもらうのだが、「大きな災害に遭った人は、その影響で、急に泣き出したり、怒りっぽくなったり、虚脱状態になったり、塞ぎ込んだりする」らしかった。「それは生き物の防御本能のようなものだから、そういう状態に自分はいる、と自覚しておくことが大事なのだ」と。

大きなショックを受け、情緒のバランスが崩れるということだろうか。人はそういう場合、感情をあっちへこっちへと動かしながら、少しずつ、気持ちの天秤《てんびん》をもとの位置に戻すのかもしれない。

だからなのか、震災後、この一ヶ月、いろいろなことで泣いた。

たとえば、震災から数日が過ぎた頃だ。うちの息子と近所の子供たちとが、家の中で遊んでいる際に一人の子が、「仮面ライダーの映画、早く観たいなー」と言った。その時の状況からすると、とてもじゃないけれど仙台で公開されることはないと思っていたから、僕は泣いた。無邪気な子供たちが可哀想《かわいそう》に感じたのか、それとも、震災を受けても仮面ライダーを楽しみにする彼らのタフさに嬉しくなったのか、自分でも分からない。

もしくは、東京にいる知人が、「佐川急便が営業所までなら運んでくれるようになった」と連絡してくれた時だ。彼は、「そこにカップラーメンやら何やら、どんどん送ります。知り合いがそれを全部取りに行って、自転車でみんなに配ります」とメールで送ってきた。そして、「お願いしたいことは二つあります。一つは、被災地以外の知り合いで、物資を送ってくれる人がいたら、呼びかけてくれませんか？」とあり、「もう一つは」と続いていた。「もう一つは、もし、カップラーメンが大量に余ったら、一緒に食べてください」と。それが可笑しかったのか、それとも頼もしかったのか分からないが、その頃、原発事故のニュースに見入って、怯えてばかりだった僕は、少し気持ちが楽になり、やはり泣いた。

役に立たない人間ほど、よく泣く。そういう諺《ことわざ》があってもいいようにも感じる。

僕は今回の震災で、こういった際にいかに自分が無力であるかを痛感した。今も痛感している最中だ。このままではいけない、と思ったのは、つい先日、友人からのメールが来たからだ。仙台に住む、公務員の彼は、被災者の支援や本来の業務で、とてつもなく忙しいように感じられるのだが、「今が、公務員の頑張りどころだから」と書いていた。そうか、と思った。こういった事態で頑張るために公務員になったのだ、とそういった強い気持ちが伝わってきた。おそらく、彼だけではなく、たくさんの人が、「ここがふんばりどころだ」と仕事をしているに違いなく、それを思えば、いつまでもくよくよしているわけにはいかない、と思えた。

最近よく通る道のそばに、新幹線の高架が見える。いつも工事車両が止まっており、作業をしている人がいる。少しずつではあるが、修理は進んでいるのだろう。日に日に、光景が変わってくる。

「はじめからやり直し」などではない。同じことを繰り返しながらも、僕たちは前に進んでいく。そのはずだ。

仙台のタウン誌へのコメント

2011.5.1

町を歩いていたら、貼り紙に、「史上最大の復興！」と誰かの書いた字を見つけた。それを前にして、「よし！」と興奮する自分と、まだそれに反応するエネルギーが湧いてこない自分がいる。でも、「これから、震災前の状態に戻れたなら、きっとすごいよな」とは思う。そうなったらいい。

仙台で、いつものように仕事を喫茶店でしていたら、地震が起きた。あれから一ヶ月が経つ。僕自身は大きな被害に遭わなかったものの、それでも疲弊した。今だって、まだ、「普通の状態」とは言いがたい。もっと大変な状況にある人のことを考えると、何を言えばいいのか分からなくなる。

今、きっと一番大事なことは、どんなに小さなことでも投げ遣りにならないことなんだろう。分かってはいるのだけれど、果たして自分にできるのかどうか。あまり無理せず、遠回りをしてもいいから、史上最大の復興を進んでいくんだ。

震災のこと

2011.8.1

僕の住んでいる町は、ずいぶん日常を取り戻してきた。もっと大きな被害を受け、大変な状況にある人たちのことを考えると、こういった原稿において何を書けばいいのか、本当に途方に暮れてしまう。

以前、阪神大震災の被災者が、「被災地以外の人間にこの気持ちが分かってたまるか、と感じるところはある」と言っていた。そうなのかもしれないな、と今は思う。震災だけに限らない。理不尽な出来事に巻き込まれた人には、その当事者とならなければ分からないことがたくさんあるに違いない。「想像力」はとても大事なことだけれど、それは安易に使ってはいけない言葉のように、感じてきた。僕には、大きな被害に遭った人たちの大変さは、ずっと分からないままだと思う。

三月、あの地震があって以降、僕はしばらく、小説が読めなかった。部屋にひっくり返った本を片付けることはおろか、手で触れるエネルギーもなく、音楽も聴けなかった。娯楽とは、不安な生活の中ではまったく意味をなさないのだな、とつくづく分かった。だから、これからいったいどういう小説を書くべきか、という悩み以前に、もう、小説を書くこともできないだろうな、とそういう気持ちにもなった。

とはいえ、それから二ヶ月以上が経ち、僕は小説を書いている。たぶん、震災後の不安が減り（それはただの錯覚に過ぎないのかもしれないけれど、とにかく生活は以前の状態に戻ってきて）、心に余裕が出てきたからかもしれない。

いや、それ以外にもきっかけはいくつかある。

三月下旬、まだ小説を書く気分にはなれなかったにもかかわらず、何とか日常に戻ろう、と喫茶店でパソコンを叩いていたのだけれど、すると以前も会ったことのある男性が寄ってきて、「こんな大変なことが起きちゃったけれど」と言った。「また楽しいのを書いてくださいね」

うまくは言えないのだけれど、その時、僕は、「ああ、そうか」と思うことができた。「僕は、楽しい話を読みたいんだ」と気づかされた。

もしくは、ネットに溢れる原発事故に関する情報に疲弊し、「情報は僕を救ってくれない」と思ったことも関係しているかもしれない。さまざまな情報が世の中には氾濫している。本当のことも多いのかもしれない。ただ、だからと言って、震災以降の情報で、「知っておいて良かった」と癒されたものはほとんどなかった。むしろ、心がくたびれ、陰鬱な気持ちになるものが多く、まったく情報を気にせず生活をしていた人と僕とでいったい何の違いがあったかといえば、僕のほうが不安でおろおろしていたという、それだけのことではないか。それならば、と思う。それならば、小説を読んでいたほうがよほど豊かな気持ちになれたのではないか。開き直りではあるけれど、フィクションにも価値はあるのかもしれない、とその頃から少し思うようになった。

そしてつい最近のこと。友人のもとに、海外の知り合いからメールが届き、次のようなことが書いてあったらしい。

「Keep going, and keep doing what you're doing……keep dancing.」

今やっていることをやり続けなさい。

その言葉は僕にとって、一つの（唯一の）真実にも思えた。自分のやっていることの意義や意味は分からない。罪悪感や後ろめたさもたくさんある。ただ、とにかく、今やっていることをやり続けなさい。今踊っているダンスを踊り続けなさい。

それ以上のことを、自分の仕事において考えることは傲慢にも思う。

僕は、楽しい話を書きたい。

ブックモビール　a bookmobile

2012.2.18

移動図書館車両は、小型バスをもとにして作られたのだという。外側の骨格はそのままだ。異なる点と言えば、側面のドアがペンギンが羽根を開く程度に、持ち上がるところだろうか。羽根を上げた脇腹の位置に棚があり、本を入れることができる。

渡邊《わたなべ》さんから説明を受けると、移動図書館とは、図書館のない町を巡回し、本を貸す車だと分かったものの、はじめは巨大な図書館施設を動かす光景しか思い浮かばず、アルキメデスの台詞、「足場さえ用意してくれれば、地球を動かすこともできますよ」の言葉が頭を過ったほどだ。

その図書館車両に乗り、牡鹿半島《おしかはんとう》の山道を三十分ほど行き、途中で細道に入った。奥まった場所の小学校へ来ている。授業を終えた頃合いを見計らい、校庭近くに停車した。

助手席から降り、ふっと息を吐く。九月まで残った暑さが、肌にへばりつく。

高台に出れば、海はすぐそこに見える。海の匂いを嗅ぐことにも、少しずつ抵抗がなくなってきていた。

車内から簡易テーブルと椅子を取り出し、校庭の隅に設置する。麦茶の入ったポットと紙コップを、上に並べた。子供たちが座って、本を読めるように、だ。

チャイムが鳴り、校舎から、黄色のヘルメットをかぶった子供たちが現われる。「原田《はらだ》のお兄ちゃん、久しぶり」と声をかけてくる子がいた。「また静岡から来たの？」「渡邊さんに呼ばれたから」貸し出し用のノートを眺めている渡邊さんを、僕は指す。

「静岡って遠いんでしょ」

「六百キロ離れているんだからな」

最初にこの宮城県の東端、海につながる市を訪れたのは、半年近く前、四月だ。ボランティア活動をすることは二十二年の人生ではじめてのことで、それを言うのであれば、東北地方に来ること自体がはじめての経験だったが、そこで出会ったのが渡邊さんだった。独身の三十歳で、ここからさほど離れていない仙台市内に住んでいたらしいのだが、あの地震の翌日には会社に辞表を出し、寝袋一つでここにやってきたという。「もともと辞めるきっかけを探していたんだ」と嘯《うそぶ》き、「このあたりはよく釣りにも来ていたから、手伝わないといけないと思ったんだよな」と言った。ただ、それが本当の理由とは思えなかった。ボランティアの最中に時折見せる彼の表情にはどこか切実さがあり、たとえば、避難所を訪れている際にはたくさんの人たちの中に鋭い視線を走らせた。「誰か捜しているんですか」と訊ねたことがある。するると渡邊さんは珍しく、うろたえ、誤魔化すかのように、「原田、おまえこそ誰かを捜しているんじゃないか。そういう顔してるぞ」と言った。

「捜しています」僕は答えようとして、やめた。説明が難しかったからだ。捜しているのは事実だが、どこにいる誰なのかははっきりしなかった。

四月にここに来た時は二週間ほどボランティア活動に参加し、そして、静岡に帰った。ひとまずは気が済んだところもあった。が、しばらくすると渡邊さんから電話があり、「避難所の人たちに足湯のサービスをしたい」と言うのでまた、やってきた。それが終わり、家に帰ると今度は、「移動図書館をはじめるので、手伝わないか」と呼び出された。帰ると呼び戻され、また帰ると呼び戻され、自分がそれこそ図書館の本のように扱われている気分になった。

「原田、これ返すね」と女の子がビニール袋を突き出す。先週、この移動図書館から借りたコミックが入っている。「返してくれてありがとな」と僕は声をかけ、それを受け取った。

「続き、また借りていくね」

「五冊までだぞ」

「分かってるよ」

「絶対に返せよ」

「分かってるよ」

図書館車両に収納しているのは、主に、子供向けのコミックだ。車両は東京都から貸してもらったのだが、こちらに送られてきた際に収納されていたのは、真面目な文学作品や古い絵本が多かったため、渡邊さんは憤《いきどお》った。この状況下で、小難しい小説など、いったい誰が読むというのか。本や物語が人を救う、という幻想を抱いているのに過ぎないのではないか、と。

そこで、コミックを集めた。子供の娯楽として、漫画は有効だ。当然のように僕も収集をするために招集をかけられた。パチンコで資金を増やし、書店で買った。

コミックをたくさん積んだ車は、子供たちに喜ばれたが、別の問題もあった。本を持ち帰ったきり、返してくれないことも多かったのだ。避難所にいる子供たちは、いつ、どこへ移動するのか分からない。本人たちも把握できていないのだから、誰が何冊借りたのかを管理するのは至難の業《わざ》だ。案の定、本は大部分、戻ってこなかった。綺麗に揃えたコミックが、あっという間に歯抜け状態になった。

「大目に見てもいいんじゃないですか」僕は言った。彼らは今年の春、無慈悲な海の力により、あまりに多くのものを失った。コミック本くらい好きに持っていけばいいのではないか。

「原田、それは違う」渡邊さんはその点については、きっぱりしていた。「図書館の本は返さないと駄目だ。約束なんだから。そりゃあ、俺も一冊や二冊、あげたいけれど、それとこれとは別だと思わないか」

「そういうものですかね」

「借りたものは返す。そうだろう?」

自分に突き付けられた言葉のように感じ、ぎょっとした。

◇

子供たちが校庭で遊びはじめる。渡邊さんと僕はサッカーゴールの脇で、バケツの中に、合成洗剤と洗濯糊《せんたくのり》を入れ、水を混ぜた。シャボン玉用の液体を作るためだ。本の貸し借りが終わると、そのうちに校庭で一緒に遊ぶことになるのが、常だ。

「一対三対六なんでしょ、お兄ちゃん」と体格のいい男の子が寄ってきて、渡邊さんに言う。洗剤と洗濯糊、水、その三つの割合のことだ。

柄のついたプラスチックの輪を液体に浸し、それを振ると、透明の、美しい球体ができあがる。日差しが反射し、シャボン玉が色虫のように光った。空気が揺らめくと同時に、産声もなく輝く玉が出現し、漂ったのちに、音もなく消える。その破裂を見るたび、僕は胸が小さく痛む。もう、何かが消える場面はうんざりなのだ。

「ねえ、ねえ」呼びかけられ顔を上げると、眼鏡をかけたリョウタが立っていた。三年生で、細い体をしている。「原田、聞いてよ」と口を尖《とが》らせた。「今日ね、家を出たところで蛙《かえる》が死んでたんだよ。仰向《あおむ》けで、内臓が出ていてさ」

車で轢《ひ》かれたのだろう、よくあることだ。「リョウタ、その蛙はどうして死んだんだと思う？」と訊ねてみた。ただ単に、やり取りを楽しみたかっただけだったのだが、そこでリョウタが首を捻るので、愉快に感じる。彼は、必死に頭を回転させ、知識を総動員しているのだろう。真剣な表情を浮かべた後で、「地球温暖化のせいかな？」と口にした。

僕は噴き出す。「いや、リョウタ、そんなに大きな問題じゃないと思うぞ」

隣で、渡邊さんがストローに口をつけ、いくつものシャボン玉を飛ばしはじめる。宙を、輝きながら、浮かんで行った。

「ええと、じゃあ」リョウタはまた首を傾《かし》げ、腕を組む。こちらを見つめながら、探るようにぼそぼそと、「リーマンショック？」と自信がなさそうに、続ける。

僕だけではなく、横にいた渡邊さんも噴き出し、その息で、浮かんでいたシャボン玉がいくつか破れた。

◇

小学校からの帰り、半島の山道を右へ左へと曲がり、移動図書館車両が揺れた。大きな獣が、背中にしがみつく邪魔者を振り払うかのような、乱暴さを思わせる。「ここを走っていると、あの時の揺れを思い出すんだよな」と渡邊さんがぼそりと溢《こぼ》した。三月の地震があった時、仙台市街地にいた渡邊さんは、巨大な生き物に振るい落とされる震動を感じたという。怒った地球から落とされる、と。僕のいた六百キロ離れた静岡でもかなりの揺れであったから、震源地に近い仙台では、体感したことのない揺れだったに違いない。

半島は、太平洋側に飛び出すような形をしている。海沿いの道を通ると、近くに立つ家がいくつか目に入る。土台部分しか残っていない家も多かったが、柱だけを残し、内臓が全部、吹き飛ばされたような場所もあった。家の中は木材の欠片と砂利で埋まっている。骨格しか残っていない。最初に来た頃に比べれば、驚くほど瓦礫《がれき》も減っていたが、かと言って、たとえば、怪我《けが》の傷跡にかさぶたができるような、そういった回復の気配は感じ取れなかった。傷口が膿《う》むでもなければ、治癒するでもなく、ただ乾いただけで、皮膚が再生する様子はない。

車両が、また揺れる。

木々の生えた里山を上り、中腹の空き地に到着し、停車した。

渡邊さんが寝泊りする、拠点だった。おつかれさま、と渡邊さんが降り、僕も続く。数メートル歩くと、今度は別のバスがある。車から降りて、また車に乗るのも妙な感覚だが、こちらは渡邊さんの寝泊りする「家」だった。タイヤが外され、すでに動かない。

電気や水は通っていないため、夜になるとあたりは真っ暗になる。まわりを取り囲む雑木林の影が、暗く覆いかぶさる。

「原田、そういえば、水野《みずの》さんに会ったか？」

「一昨日、静岡から来た時にちょうど会いましたよ。いったんここに車を置いて、水をもらいに行った時に」

水野さんはこの里山の麓の一戸建てに住んでおり、周辺の地主でもあった。寝袋で野宿をしていた渡邊さんを見かね、「屋根はあるから、勝手に使ってくれ」とタイヤのないバスを提供してくれた、ありがたい人だ。

「水野さんの髪の毛、ぼさぼさだっただろ」

「確かに、ライオンのたてがみみたいでした」髪型のせいか、七十歳の小柄な男性にしては貫禄があった。

「水野さんの行きつけの床屋は閉まっているんだよ。三十歳くらいの若いお兄ちゃんが、ビルの一階でやっていたらしいんだけどさ、地震の日以降、ずっと閉店なんだ」

「別の床屋で切ってもらえばいいのに」

「もし床屋の店主が帰ってきて、自分の髪が刈られていたら、がっかりするんじゃないかって、水野さんは気にしてるんだよ」

僕は苦笑するほかない。「でも、その床屋、営業を再開する可能性はあるんですか？」

「地震が起きて、店を閉めて、それきりなんだと。海寄りの自宅から、通ってきていたみたいだ」

僕は呻《うめ》く。その自宅がどうなったのかは分からない。ただ、店主は無事であっても、家族の身に何かがあったのかもしれない。家族が無事であっても、家が無事でなかったのかもしれない。もし、家に大きな被害がなかったとしても、この土地から離れて暮らすことを決めたのかもしれない。店が永遠に開かない可能性は高いように思えた。

「この間、水野さんに訊かれましたよ」僕は言う。「渡邊さんはここに、恋人でも捜しに来たのか、って」

渡邊さんが眉をひそめる。「馬鹿なこと、言うなよ」

「違うんですか?」

「あのなあ、恋人を捜すなら、すぐにその女の家を捜しに行くだろ。で、おまえは俺が女の家を捜しに行くのを見たか? ないだろ。なぜなら、俺は恋人を捜してないからだ。俺はただ、ここで役立ちたいだけだ」

確かに、渡邊さんが積極的に、人を捜そうとしていないのは事実だった。

「それよりも、原田はいつもそれ、やってるよな。何なんだよ、それは」渡邊さんが、僕の手を見つめ、指差してきた。

はっとする。右手で五百円玉を摘《つま》み、動かしているところだった。親指と人差し指で挟んだものを、回転させ、中指に移動させ、さらに薬指へと動かす。まだ学生の頃に、指を柔らかく動かす訓練としてはじめたものだったが、今ではすっかり癖となっていた。

「昔、映画で観たことがあるけれど、スリがそういう練習をしていたぞ」と言う渡邊さんはまさかそれが図星をついているとは思っていない。

「僕がスリをしたところを見たんですか? ないですよね」

◇

競馬場の芝の緑色は美しく、こちらの心を、混じりけのないものにしてくれる。足跡のない白い砂浜や、陶器じみた柔らかい輪郭の裸体を眺める感覚と似ていた。自分の汚れた内面を洗ってくれる。

その日曜日はいつもと変わらなかった。もちろん、翌週の金曜日に大きな地震が来るとは誰も知らない。

コースは円周千八百メートルの楕円で、日差し輝く緑色の上を、競走馬が走ってきた。遠くから地面を蹴る音が、近づいてくる。地鳴りが響く。

僕の立つ柵は、ゴールのすぐ手前だった。背後のメインスタンドの観客たちから、言葉にならぬ興奮の叫びが上がり、飛んでくる。

午後の太陽は低い角度から、緑の芝を川面のように見せている。何度も光った。

周囲にはキャップを被り、新聞をつかんだ者たちが立っていた。左から駆けてくる、馬の走りっぷりを、前にある大きな画面で確認しながら、ある者は拳を握り、ある者は口を閉じ、ある者は叱咤激励《しったげきれい》の叫びを上げている。

僕の後ろには、背広姿の男が立っていた。四十過ぎの男だ。

たまたま、そこにいたわけではない。彼がそこに立つのを確認した後で、僕がわざわざ脇から前に割り込んだ。

男を狙うことに決めたのは、前のレースの結果が出た時だ。前レース、一番人気の馬がスタートに失敗し、番狂わせが起きた。ほとんど注目されていなかった二頭が勝ち、驚くべき高配当の結果が出た。誰もが溜め息を吐き、世の理不尽さに嘆きの声を上げている中、一人、喜んでいる人間がいるのを、僕は見逃さなかった。それがその背広の男だ。

何度か眺めた馬券を財布にしまうと、よしよし、とうなずき、その財布を、左利きなのか、背広の右側の内ポケットに入れた。明らかに高揚していた。

男を観察し、後をつけ回し、そして少し前に、この柵の前で彼の前に立った。

馬の先頭集団が第四コーナーに差し掛かり、観客たちの興奮が、陽炎《かげろう》を立ち昇らせるかのような、熱を発する。

左からの馬群を誰もが見つめている。人生の成り行きを見守る真剣さだ。僕も左に顔を向けている。が、右腕は動かしていた。背中を掻く姿勢で、右腕を折り曲げ、上に持ち上げる。

そっと、静かに。

後ろの男の背広、二つボタンのうち、上側だけがかかっていた。

僕は背中にやった右手で、それを外す。毎日、相手の腕から時計を外す練習を繰り返している僕からすれば、ボタンをボタンホールから抜くことくらいは訳がない。

馬が一心不乱に駆けてくる。

歓声が沸く。

相手のポケットに入れた僕の指が、革の感触にぶつかる。後ろに重心を傾け、同時にもう一度、背伸びをした。財布を引き抜き、指を離す。引っ張り上げるよりは、落とすほうが自然なのだ。財布が音もなく落下する。僕は体を反転させ、左手で男の背広の裾に触れる。落ちてきた財布をその手で受け取る。一瞬の作業だ。

直後、真正面を馬たちが通過するが、その、快速列車か、荒れ狂う突風にも似たゴールインに誰もが夢中で、僕が財布を掏《す》ったことには誰も気づかない。

男の脇を通り過ぎ、遠ざかる。細く折り畳んだ新聞紙を取り出し、抜き取ったばかりの財布に被せる。ゆっくりとスタンドのほうへと歩き、財布を開く。馬券はすぐに見つかった。紙幣と一緒に引き抜く。カード入れの部分に、免許証が差さっている。生年月日と氏名が目に入り、その下に記された現住所も見えた。

紙幣と紙幣の間に、小さな紙が挟まっていることに気づいたのは、財布を捨てた後だ。メモのようなもので、サインペンで字が書かれている。子供の字かもしれない。「パパ、浮気禁止！」とあった。

◇

渡邊さんの「家」の中で、僕は座席に座りながら、新聞を手に取っていた。

記事には、あの図が載っている。半年前から僕たちの前に何度も突き付けられた、例の、原子力発電所の、原子炉の簡略図だ。

ロケットの台座に球体を二つ取り付けたかのようなその形は、形状からすると安易に、男性器と結び付けたくなるが、なぜかそうは見えず、どちらかといえば、実験用のフラスコをいつも思い浮かべてしまう。「配管内に水素が発見された」と見出しにあった。

「水素があると何かまずいんですかね」と訊ねると、渡邊さんが、「水素の濃度が四パーセントを超えて、酸素の濃度が五パーセントより多くなると、爆発する恐れがあるらしい」と答えた。

僕はのけぞってしまう。「まずいじゃないですか」

三月も、あの爆発によって、放射性物質が飛び散った。

「今は、窒素を入れて酸素濃度は低くなっているから、爆発の心配はないんだと」

「本当ですか」どうしても半信半疑の声を出してしまう。

「俺に聞くなよ」渡邊さんも半信半疑だ。「誰も、事故の状況は正確につかめていない

ように　しか思えないからな。三月の時だって、原発の格納容器は絶対に壊れない、とあれだけ言われていたのに、実は、地震直後に穴が開いていただろ」

事故発生から数ヶ月が経ち、状況が分かるにつれ、僕たちは唖然とするほかなかった。格納容器には穴が開き、燃料棒は溶けていた。当時、ニュースで、「今の状況」として映し出されていた図解は、いったいなんだったのか。どの図を見ても、燃料棒はしっかりと描かれていた。溶けていないことが前提であった。あれは、単に、「今、こうだったらいいな、という願望の図」でしかなかった。

「原田、この間、新聞で読んで知ったんだけどな、4号機のプールに、使用済み核燃料があるだろ」

「ええ」僕たちは、この数ヶ月で、原子力発電所の専門家となっている。原子炉の簡単な構造や名称なら、誰もが知っている。

「あれは、最初の予測だと、水が早く蒸発して大変なことになっていたはずなんだ。なのに、水素爆発のあと屋根が吹き飛んで、ヘリコプターから見たら、プールに水がちゃんと残っていただろ。水位があまり下がっていなかった。どうして、水が蒸発していなかったのか、ずっと謎だったらしい」

「謎は解けたんですか？」

「原子炉の上に張られていた水が、仕切り板の間からプールに落ちたんだと」

「え」

「上の、水がこぼれてきたから助かった」

「もともと、そういう仕組みだったんですか？」

「違うよ。たまたまだ」

「え」

「たまたま、そうなったんだ」

僕は溜め息を吐く。事故現場で必死に、まさに、危険を冒して復旧作業に臨んでいる人たちには頭が下がるが、このほとんど結果オーライとしか言いようがない状況には、恐怖のあまり気を失いそうになる。

「今も、危険なのか危険じゃないのか、誰にも把握できていないってことだ。肝心の計測器が壊れている可能性もあるし、何があってもおかしくはない」

「ですよね」僕は単純な性格であるから、記事を読んだ途端、今すぐにでも南方から大きな爆発音がし、自分が吹き飛び、つまりはこの、「物を思う自分」が散り散りに掻き消える恐怖に襲われた。ああ、今死ぬのではないか、次の瞬間、自我が消えるのではないか、と怖くてならない。

「でもさ、原発に関係していた政治家とか偉い人たちは今、何を考えているんだろうな」

「何を？」

「悪気があったかどうかは別にして、これだけのことが起きたら、俺ならもう、罪の意識でつらくて、家の隅で震えてる」

「きっと、その人たちもそうしているんじゃないですか」僕は、自分でもそうは思っていないにもかかわらず、答えた。これもまた、「こうだったらいいな」という願望の図に過ぎない。

「それならまだ救いがあるけどな」

「そうそう、この間、うちの父親が質問されたそうなんですよ」僕は言う。「海外にいる知り合いから、『どうして危ない日本から出ようとしないんだ』って」

「原田の住んでいるのは、静岡じゃないか」

「海外から見たら、六百キロ離れていようが近く思えるんですかね。世界地図だと、日本なんて、小さな葉っぱみたいなものですから」

「で、原田の父親は何て答えたんだよ」

「どこへ逃げたらいいか分からないし、何とかなるような気もする、って」

渡邊さんが愉快そうに笑った。「それはある種の真実だ。俺だってそうだよ。少し開き直っているんだ」

「ですよね」

「それに、人ってのは、その土地で生きているんだよ。まわりの人間とコミュニティの中で。だから、簡単には移動なんてできねえよ。ほら、シールと同じだ」

「シールと？」

「どこかに一回、シールをぺたりと貼る。その後で、別の場所に貼り直せ、と言われてもな、そう簡単には剝がせるもんじゃない。そうだろ。よっぽど丁寧に、少しずつ剝がさないと、ぼろぼろになるじゃねえか」

「千切《ちぎ》れちゃいますしね」

「人が、住みついた場所を離れるのは、何か大事なものをぴりぴり引き裂くようなものじゃないのか」

僕はその意見にぴんと来なかったが、曖昧に返事をする。

「丁寧にうまくやらないと、シールは綺麗に剝がれないんだ。慎重に。どれだけの覚悟がいると思ってるんだ」渡邊さんは自分の言葉に、自分でうなずくようにした後で、

「夫に暴力を振るわれる奥さんに、『そんな男とは早く別れろ！　早く！』と言うのと同

じだよ。簡単に離婚できるなら、とっくにしている」とぼそりと溢した。大事なものをぎゅっと絞るような言い方が少し気にかかるため、「知り合いなんですか？」と訊ねた。

「何がだよ」

「その、夫に暴力を振るわれる奥さんって、渡邊さんの知り合いなんですか？」

「何でだよ」

「そんな感じでしたから」

「一般論だ」渡邊さんはぶっきらぼうに答える。「とにかく、人は土地から離れられない、って話だ」

「でも、そう考えると、転勤っていうのはずいぶん、暴力的で、凄い仕組みですよね」

「ああ、転勤は凄いよな」

「移動する気になれば、できるっていう証かもしれませんよ」

渡邊さんが首肯する。「確かにそうかもしれないな。図書館まで移動できちゃうくらいだしな」と外の移動図書館車両を見た。

◇

新聞を畳み、バスの座席の奥に、しまい込んだ。「渡邊さん、何を読んでいるんですか」

渡邊さんが開いていた本の背表紙を見せた。『ガリヴァー旅行記』と書いてある。「あっちの車に積んでる、子供向けの本だ」

「面白いですか？」

「まあな。ガリヴァーは小人の国に行ったり、巨人の国に行ったり」

「それもまた移動の話ですね」

「妙なところがリアルで面白いよな。たとえば、ガリヴァーが小人の国に行くだろ。そうするとだ」持っていた本をめくり直す。「ええと、ガリヴァーのためのシャツとベッドカバー、テーブルクロスを作るのに、二百人の針子が集められたんだと。食事を作るのには、三百人の料理人が必要だ」

「何だか凄いですね」

「これは、ほら、雇用問題の核心を突いているよな」

「大袈裟ですよ」

「大きな巨人がいるだけで、何百人、千人以上の雇用が生まれるんだ。仕事ってのはそうやってできあがる」

「公共事業みたいなものですかね」

「あ、今思ったんだけどな」渡邊さんが声を上げた。「ほら、もしかすると、床屋の店主が帰ってこない理由はそれかもしれないぞ」

「床屋の店主って、水野さんが待っている床屋の話ですか？」

「たとえば、こういうのはどうだ。彼は地震の後、家族を連れて一度、この土地を離れた。物資もなく、小さな子供もいたからな、緊急避難で」

「小さなお子さんがいるんですか？」

「たとえば、だよ。で、少し経ってからこの町に帰ってこようとしたんだが、途中で車のガソリンが切れた」

僕は笑ってしまう。「何の話ですか、いったい。だいたいガソリンが切れても、すぐに給油すればいいだけじゃないですか」震災直後、資源はすべて消えたと思わずにはいられなくなるほど、ガソリン入手は困難を極めた。ＯＰＥＣは何をしているんだ！　と喚《わめ》く輩《やから》まで現われ、言いがかりにもほどがあると僕は思ったが、気持ちは分からないでもなかった。みんな動揺し、苛立っていたのだ。今となっては、以前同様、ガソリンが手に入る。

「そこで彼の前に、自衛隊のトラックが通りかかった」

「まるで見たかのように喋りますね」

「理容師は手を挙げ、幌《ほろ》のついたトラックに乗るわけだ」

「どうして、乗れちゃうんですか」

「自衛隊にとってもその理容師が必要だったんだ。大事な仕事のためにな。そう考えれば、トラックが通りかかったのも、偶然とは言い難い」

「ガソリンがなくなったのも、仕組まれていたとか言わないですよね」僕は笑う。「そもそも、その、大事な仕事って何なんですか」

「それがこれだ」と彼は手に持つ本をこちらに突き出した。「牡鹿半島の先に漂着したのかもしれない」

「何がですか」

「ガリヴァーだ」

「え？」

「巨人だよ。巨人が流れ着いた。そうすると、今言ったように、いろんな人間が必要になるわけだ。裁縫する者や料理人、体を洗う係も。そして、たぶん」

「何ですか？」

「髪の毛を切る人間も、大勢、いなくちゃいけない」

「ああ」と僕は言い、苦笑する。「だから、その理容師は帰ってこられなかったんですか」

「そうだ。その重要かつ秘密の仕事のために、自衛隊のトラックに乗せられて、巨人の住む土地に連れて行かれたんだ。そこで、日々、伸びてくる髪の毛の手入れをさせられた」渡邊さんは力強く言う。「政府は、ガリヴァーをどこかの浜辺に隠しているのかもしれないぜ。工事車両で隠している」

「そのうち、グーグルアースとかで発見されるかもしれませんね。このあたりの衛星写真の解像度が上がってきたら」

「ありえるな」と渡邊さんが笑う。「あ、でも、この本で面白かったのはな」と言う。

「巨人の国に行った時の話なんだが」

「小人の国じゃなくて？」

「その次に巨人の国に行くんだ。そこには大きな人間しかいなくて、ガリヴァーはペットのような扱いになる」

「はあ」

「で、その巨人の国からも無事に帰ってくるんだ。王妃の爪の切り屑《くず》で作った、奇妙な櫛《くし》とかの土産物を持ってな」

「奇妙な櫛ですか」

「そして、イギリスに連れ帰ってくれる船長に言われるんだ。『ちょっと一つ気になるんだが、どうしておまえは、そんなに大声で喋るんだ？』と」

「大声で？　どういうことですか」

「ガリヴァーは、巨人と一緒にしばらく暮らしていたから、喋る時はいつも、でかい声を出さないといけなかったんだ。塔の上の男に、道路から呼びかけるような、そんな大声を出さないと巨人には聞いてもらえなかったらしいからな」

「だから、帰ってきても、声が大きかったんですか。それは可笑しいな」

「いいか、気をつけろよ」

「何をですか」

「見たこともない輸送機が上空を飛んでいくのが見えたら、たぶん」

「たぶん？」

「ガリヴァーを運ぶつもりだろうな」

◇

この町に、東京から、「映画監督」なる肩書の男がやってきたのは、翌々日だ。町のボランティア活動を見たい、と言い、その案内役を渡邊さんが引き受けた。ほかに適任者がいなかったらしい。四十代半ばという彼は、年上であるにもかかわらず、腰が低く、印象は悪くなかった。僕の車で案内をすることになった。運転手は渡邊さんで、僕は助手席に、映画監督氏が後部座席に座り、沿岸部から市街地まで半日がかりで回った。

渡邊さんの機嫌が悪くなりはじめたのは、映画監督が町を歩いていた際に、近くに並ぶマンションを眺めて、「このへんは大した被害はなかったんだね」と言ったあたりだ。それでまず、渡邊さんは腹を立てた。

監督の言わんとすることは分かる。家が流され、何もかもが破壊された海の近くの一帯に比べれば、住宅地の光景は、震災前とほとんど変わっていなかったからだ。

一方で、渡邊さんが不快感を抱いた訳も、僕には分かる。たとえば、住宅街のそのマンションには、ある母子が住んでいた。地震が起きた時、その母親は一歳の子供を連れ、港近くまで遊びに来ており、慌てて中学校に避難したのだという。が、水がなかなかひかず、そこから帰れなくなった。救援は来ず、孤立化する中、誰かの持っていたミルクの取り合いが起きた。奪い合いというほど大きなものではなく、軽い、いざこざに近かったのだろうが、愉快なものではなかったはずだ。子供の命がかかっているのだから、誰も責めることはできない。ただ、奪い合った人たちを含め、その場にいた人たちのやり切れなさと絶望感は、きっと想像を超えたものだったはずだ。母親はマンションに戻ってきた後も、自己嫌悪に襲われている。炊き出しのボランティアをしている際、彼女自身から悩みを打ち明けられた。誰かに話したかったのかもしれない。僕たちは何も言えなかった。

渡邊さんが、映画監督に嚙《か》みついたのは、町を一通り見て回り、戻ってきてから車を降りた時だ。やはりそこでも映画監督は、「市街地は無事だから、少しほっとするね」と言った。特に違和感は覚えなかった。が、渡邊さんは怒った。「建物が無事で、光景が変わっていなくても、そこに住んでいる人たちは不安や恐怖を抱えているんですよ」とはじめは静かに、だんだんと感情的に、声を強くした。「光景が変わっていなければ、被害はないと思うんですか？　家が壊れていなければ、無事だと思うわけですか？　住んでいる人たちの日常はずいぶん、壊されたのに？　あなたは、ただ、大きな自然災害の現場を見にきて、ああこれはひどい、言葉を失うね、と言いたいだけなんだ。砂漠に隕石《いんせき》が落下したのを見に来るのと同じなんじゃないですか。それに、ここに来るなら、台風や地割れの被害に遭った土地には、なぜ行かないんだ」

映画監督は戸惑い、渡邊さんの剣幕に圧され、「そういうつもりで言ったわけじゃないんだけれど」と説明した。

直後、渡邊さんは、「偉そうに」と殴りかかった。が、倒れたのは、渡邊さんのほうだった。映画監督はボクシングでも齧《かじ》っていたのかもしれない。動きが早かった。体を斜めに傾け、渡邊さんの横腹を殴っていた。

僕は駆け寄り、「暴力は良くないですよ」と非難する。

「先に手を出そうとしたのは、彼だ」映画監督のその言葉は正しかった。が、正しいからといって、人は納得するわけではない。「でも」と僕が言いかけたところで映画監督は、「それに君だって、静岡から来た、部外者だろうに」と続けた。「偉そうなことは言わないでほしい。君はいったい、どういう気持ちでここにいるんだ？　何をしに来ているんだ」

すぐには答えられない。部外者と言われればその通りかもしれないが、果たして、その区分が何を意味するのか、僕とこの映画監督氏は同じなのか、と悩む。悩み、腹も立った。

渡邊さんは立ち上がり、呼吸を整え、腹を押さえる。目を充血させていた。「光景を見に来るんじゃなくて、人の心を見に来いよ」

その言葉に僕は、「おお」と声を上げ、拍手をしかける。人の心を見に来いよ、とはまさに同感だった。渡邊さんは、どうだ、いい台詞だろ、と鼻の穴を膨らませている。

映画監督は、顔を紅潮させていた。口答えされたことが腹立たしかったのか、それとも、恰好つけた渡邊さんに嫉妬を覚えたのか、もしくは、その台詞を次の映画で使いたい、と興奮したのか。彼は、拳を握り、一歩足を踏み出したので、僕は割って入った。

ジャケットを着た彼の前に立ちふさがり、「落ち着いてください」と彼の左手首をつかんだ。僕の指は自然に、するすると動く。彼のしている腕時計のバックルの突起を押していた。小さな音がし、バックルが緩まる。手を引く。抜き取った腕時計を手のひらの中に隠し、そのまま、自分の尻ポケットに入れた。

次に、彼のジャケットの、向かって左側のポケットにも手を入れた。体を押し付け、革の財布を引っ張り上げる。

落ち着いてください、と繰り返し、僕は抜き取った財布を、自分のポケットに隠した。財布と腕時計を掏るくらいであれば、赤子の手を捻るような、もちろん赤子の手を捻ることはしたくないが、それほどの容易《たやす》いことではあった。この少々、いけ好かない男の財布をどうしてくれようかと意地悪な考えが頭を巡る。

が、やがて、渡邊さんも昇っていた血が戻ったのか平静になり、映画監督氏に謝罪し、映画監督も、こちらこそ大人げなかった、と頭を下げはじめたので、それはそれで、心地良い雰囲気になってしまった。

自分一人がこの和解ムードに水を差すわけにはいかず、結局僕も、「あの、これ、さっき落ちていましたよ」と財布と時計を彼に返した。

いつの間に落としたんだろうか、と彼は自分の左手を不思議そうに眺めている。

◇

翌日、僕と渡邊さんは北西方向へ向かい、川を挟んで向こう側の、小学校を訪れた。簡易テーブルを出し、椅子を並べ、シャボン玉の準備をする。ぼんやりと立っていると、校舎にチャイムが鳴り響き、子供たちがぱらぱらと出てくる。

「ねえ、原田」と呼びかけてきた少女がいた。小学校の六年生で、ずいぶん背も高く、大人びている。

「何か、本、借りていくか？」

「あのさ、原田、車ちょうだいよ」

「車？　何だよそれ」ちょうだい、とはどういう意味か。

彼女は真面目な顔つきで、「今度ね、お父さん、仕事決まったんだけど、通うのが大変なんだって。車があれば、乗っていけるでしょ」と口を尖らせる。

「お父さん、仕事決まったのか、良かったな」

「だから、車ちょうだいよ。あ、ねえ、うちのお父さんの話、したことあったっけ」

「いや」

「うちのお父さん、すっごい損したことがあるんだよ」

僕は身を乗り出す。「株とか投資で損をしたのかい」

「東京に仕事で行った時に、競馬で儲《もう》けたのに、引き換え券をなくしちゃったんだって」

「引き換え券？　馬券のこと？」

「そうそれ。競馬で、一着と二着を当てるやつで。数字を二つ選ぶんでしょ。お父さん、いつもわたしの誕生日の数字を選んで買っていたら、すごいのが当たったんだって。もう、何十万円ももらえちゃうくらい」

「それは凄い」と言った時には僕は何も気にかけておらず、次に少女が、「でも、なくしちゃったんだよ」と言ったところで、ようやく、頭の中に引っかかりを覚えた。「馬券をなくした？」

「財布を落としたんだって。競馬場で」

え、と短く言い、一瞬、動けなくなる。

唾を飲み込み、頭を整理する。そんなことがあるはずがない、と思いつつ、「もしかすると」と訊ねずにはいられなかった。「もしかすると、君は、お父さんにメモを渡していなかったか」と。

慌てて僕は財布を取り出す。中を開く。人の財布を抜き取る際には、まるで震えない指が、今は滑稽なほどに震えている。

「あ、メモ書いたよ」

「『浮気禁止！』とか？」

少女が目を丸くした。「えー、何で知ってるの、原田」

口を開け、後ろに倒れそうになった。

立ち尽くしている僕に、少女は続けた。「前に、お父さん、他の女の人と仲良くしてさ、お母さんに怒られたんだよ。浮気だよ、浮気。だから、わたしが書いて、お守りにしたの。お守りというか、ほら、抑止力っていうのかな。でもさ、何で、原田がそのことを知ってるの」

僕は言葉を探す。財布から抜き取った馬券を、彼女の前に出した。「前に、そう書いてあった紙を拾ったことがあったんだ。これと一緒に」

あの時、掏った財布には紙幣や馬券のほかに、「浮気禁止！」の文字が書かれた紙切れが入っていた。「浮気禁止！」の文字からは、バランスを崩しかけている家族をどうにか繋ぎ合わせようとする子供のけなげさと必死さが感じられ、それを奪ってしまったことが申し訳なくて仕方がなかった。

　スリの仕事に疑問を抱きはじめた。そして、数日後には地震が起きた。被災地としてニュースに映る街の名が、あの財布に入っていた免許証の住所と、どうにも同一に思えてならなくなり、気づけば、ボランティアにやってきていたのだ。

「まさか、本当に返せるとは思わなかった」僕は感動よりも驚き、動揺しながら、顔を引き攣《つ》らせる。

「何なの、原田、気持ち悪いよ」と少女は言い、馬券を受け取る。「え、これ、本当に当たっているの？」

「車を買う足しにすればいいよ」

　僕はうっかり涙を滲ませていた。この国の景色すべてを輝かせるほどの奇跡ではないものの、この偶然の出来事は僕個人にとって、温かみに満ちた陽光さながらの歓喜にほかならない。

　が、少女が、「あれ、原田、これ違うよ」と言うため、滲みかけていた涙が止まる。

「違う？」

「わたしの誕生日、五月六日だから、お父さんがいつも買ったのは、5―6の馬券のはずだよ。これ、1―2でしょ。違う馬券だ」

「そんな馬鹿な」と僕は呻く。一塁の塁審に、今のどこがアウトなのか、と食って掛かる気分だ。「セーフじゃないか」

「セーフって何のこと」

「ああ、そうじゃなくて、だって、浮気禁止のメモも入っていたんだから」

「そんなの、その子のお父さんも浮気していたんだよ。だって、これ違うもん」

何ということか。

浮気のお父さんがそれほどたくさんいるとは。僕が俳人であれば、世の男たちの浮気率の高さについて、その感動を句にするところだ。

物事は繋がり合っている。が、解決はしない。そういうものなのだろう。落胆することはない。偶然に過ぎなかったとはいえ、このあまりの偶然は、僕の胸を温かくした。

少女は結局、馬券を受け取らなかった。

「原田、本人に返してあげてよ。どこかにいるから」

「どこかってどこ」

「自分で探しなよ」

横を見ると、少し離れた場所で、渡邊さんが携帯電話を眺め、深刻な表情をしていた。

◇

渡邊さんはいつになく、強く、アクセルを踏んでいた。山道は、右へ左へと細かいカーブが続くため、後部の棚から本がこぼれ落ちるが、渡邊さんは気にしなかった。運転席の渡邊さんの横顔を見る。まっすぐに前を見ていた。表情が読み取れない。僕のほうがおろおろしている。

先ほどの小学校を出る直前、渡邊さんがトイレに行く際に、すれ違いざまにポケットから携帯電話を抜き取った。真面目な面持ちでメールを読んでいた渡邊さんの反応が気にかかり、好奇心から、内容を読んでみたいと思ったのだ。操作し、受信メールを開くと、件名に、「加奈子《かなこ》の夫です」とあった。本文の最初の一文には、「はじめまして」と記されていた。

そこで僕は、読むのをやめた。

加奈子という女性が誰なのかは分からない。ただ、「はじめまして」の夫がわざわざ、渡邊さんにメールを送ってくる理由を想像すると、楽しい状況は思い浮かばなかった。渡邊さんが捜している恋人とは、既婚者だったのかもしれない。だから、表立って、捜し回るわけにはいかなかったのではないか。渡邊さんは、地震の後で加奈子さんにメールを送ったのだろう。安否を確認するために。そして、返事があればすぐに駆けつけるつもりで、彼はここで作業をしていた。違うだろうか。

ようやく届いた返事は、彼女の夫からだった。なぜ夫からなのか。なぜ本人は返信できなかったのか。その答えを知りたいとは思わない。だからすぐに渡邊さんのポケットに、電話を戻した。

助手席から窺《うかが》う渡邊さんには、哀しみや絶望は浮かんでいなかった。ただ、いつになく荒々しい運転は、頭をからっぽにしたいが故にも思える。

車両が跳ね上がった。地面から浮き、着地する。

僕たちの車両は山道から抜け出た。田畑に囲まれた細い道をまっすぐに走る。日が傾きはじめ、遠くの山がうっすらと紅潮するかのように、赤味を帯びてきた。図書館が移動する。渡邊さんのメールも移動し、僕の持っていた馬券も移動した。加奈子さんの心はどこへ移っていたのか。

しばらく行くと、水野さんがいた。後ろ姿では誰なのか、僕には把握できなかった。ただ、追い越してからサイドミラーで顔を確認したところで渡邊さんには分かったらしい。

脇に車を停車し、渡邊さんがすぐに降りたため、僕も続く。

「ああ、ご苦労様」水野さんは、少し恥ずかしげに顔をくしゃっとさせた。それから自分の頭を撫でた。

「何もそんなに短くしないでも。誰だかぜんぜん分からなかった」と渡邊さんがからかう。

水野さんは、青々と茂る芝を彷彿《ほうふつ》とさせるような、坊主頭になっていた。「いやあ、嬉しくてね」と彼はうなずく。「ご祝儀みたいなもんだよ」

「その床屋さん、今までどこにいたんですか」僕は質問した。

「そのことは言おうとしないんだよなあ」と水野さんが答える。

さまざまな事情があったのだろう、とは想像できた。違う土地で生活をはじめるつもりだったものの、シールがうまく剝がれなかったのかもしれない。ここに戻ってくることが正解かどうかも分からない。これからまた、出て行く可能性もある。

渡邊さんを見れば、目尻を拭うようにしているため、僕は視線を逸らした。

「ああ、でも」水野さんがぼそっと言った。

「でも？」

「床屋の彼、やたら、声が大きくなっていたんだよ」

「え？」

「普通に喋っているのに、声がでかいんだよ」と水野さんは不思議そうに首を捻った。

「お土産なのかな、変な櫛も見せてくれたけれど」

僕と渡邊さんは顔を見合わせる。まさか、という思いが過る。それから、ほぼ同時に、噴き出した。

輸送用航空機がけたたましい音を立て、頭上の空を通り過ぎていく。

僕たちはそれを振り返った。

「いよいよ、運ぶんだな」と渡邊さんが言う。

あとがき

2012.1.24

いくつかのことを補足的に、ここに書き留めておきます。

『仙台ぐらし』連載について

このエッセイ集は基本的に、仙台の出版社、荒蝦夷で発行している雑誌『仙台学』に連載をしていたものをまとめています。（連載十回目のところで書きましたように）エッセイが苦手な自分でも、「エッセイに見せかけた作り話」であればどうにかなるのではないかと思い、引き受けたのですが、まったくもって甘い考えでした。「エッセイに見せかけた作り話」が簡単に思いつくわけがなく、結果的に、ほとんどが実話をもとにしたものとなっていますし、それにしても四苦八苦して書いたものばかりです。半年に一度、このエッセイの締め切りがやってくると、「さてどうしようか」と頭を悩ませていましたので、「十回連載」という約束が果たせた時には本当にほっとしました。

仙台ぐらし、という題名とはいえ、行動範囲の狭い僕の身の周りのことを書いているだけです。地方都市の風情や特色は出てきませんし、これを読むと仙台のことが分かるというものでもありません。そういったものを期待した方には物足りないかと思います。申し訳ありません。

ちなみに、「〜が多すぎる」というタイトルの形は、編集部からの指定ではなく、第一回目を、「タクシーが多すぎる」としたため、「どうせならば、統一したほうがいいか」と僕自身が思いついただけで、結果的に、自ら首を絞める恰好となりました。ただでさえ、平凡な日常しか送っていないのですから、「多すぎる」のネタがそうそうあるわけがないのです。編集部が見るに見かね、「第六回以降は、『〜が少なすぎる』にしてもいいですよ」と提案してくれたのですが、それはそれで難しそうですから諦めました。また第九回のタイトル「映画化が多すぎる」について一つ弁解を。このタイトルから、「自作が映画化されることを不愉快に思っている」ように感じる方がいるかもしれません。これはあくまでも、「多すぎる」のタイトルパターン上、そう書いただけでして、僕自身は映画化していただいたことについて、否定的な気持ちは抱いていません。このエッセイで取り上げた、中村義洋監督の作品はもちろんのこと、森淳一《もりじゅんいち》監督が創ってくれた『重力ピエロ』は本当に素晴らしいと思いますし、学生たちの手による、『ラッシュライフ』も、その挑戦的な、鑑賞者を撥《は》ねのける作風を含め、好きですので、念のため、ここに書いておきます。

また、連載中は、「小説ではなくエッセイである」ということを意識しすぎてしまい、話し言葉に近い、砕けた文章で書いていました。本にまとめるにあたり読み返すと、あまりに軽薄に感じるところも多く、基本的に文章は全て書き換えています。

そして、読んでいただけると分かりますが、何ヶ所か「いつかやってくる宮城県沖地震」を心配している部分があります。東日本大震災の起きた今から読み返すと、少し能天気にも感じられ、どうしたものかと考えてしまったのですが、当時、僕がそういった気持ちでいたのは事実でありますし、削除するのも妙であるような気がして、そのままにしました。

震災に関するエッセイについて
当初、この、『仙台ぐらし』は、二〇一一年の六月に書店に並べてもらう予定でした。ただ、三月の震災で、荒蝦夷も僕も、こういう言い方は良くないのかもしれませんが、それどころではなくなってしまいました。僕自身は直接的に大きな被害はなかったものの、それでもいろいろなことがあり、おろおろした自分への嫌悪感や、仕事に対する不信感を抱かずにはいられなくなり、震災に関するコメントや文章を求められる仕事については、基本的にすべてお断りすることが続いています。

ただ、とはいえ、地元の媒体のいくつかへの寄稿と、荒蝦夷からの依頼は例外的に、受けました。

震災後、荒蝦夷の土方さんとは何度か電話を交わし、編集部の方たちにも会い、精神的に救われました。仕事場を失い、一時的に避難しながらも原稿を集めようとしている彼らの役に立てるのならば、という気持ちもあり、震災に関係するエッセイを書かせてもらいました。それがここに収録された二つになります（『幽』への文章も、荒蝦夷の土方さんを介しての依頼でした）。

こうして震災のエッセイをまとめることで、この本が、「震災の本」としてひとくくりにされてしまう危惧もあり、実は気が進まないところもあったのですが、「仙台の生活の一部だから」という土方さんの言葉に後押しされ、掲載することにしました。

短編「ブックモビール」について
二〇一一年の夏ころ、石巻《いしのまき》でボランティア活動をしている若者、渡辺弘明《わたなべひろあき》さんと原《はら》田俊太郎《だしゆんたろう》さんに何度かお会いする機会がありました。彼らはさまざまなボランティアをやる一方で、移動図書館を走らせ、子供たちと交流していたのですが、僕のような、

「何もしていない者」に対してもとても温かく接してくれ、こちらとしましては、申し訳ないような、救われるような気分でした。

震災に関わることを小説に書く気持ちはまったくありませんでしたし、彼らと会った時にもそういった考えはなかったのですが、短編の構想を練っているとふいに、「彼らのことを書きたいな」という気持ちが湧いてきました。渡辺さんたちに恐る恐る、「小説に書いてもいいですか」と訊ねたところ、すぐに了解していただけて、本当に感謝しています。ただ、何度も書き直していくうちに、作中に出てくる主人公二人は、怪しげな背景を持つ、少し不審な男たちとなってしまいました。実際のお二人は、真面目で楽しい青年たちで、スリなどとは無縁であることを記しておかなくてはなりません。作中の主人公たちの言動も基本的には、フィクションです（4号機プールの件は、二〇一一年六月の、「4号機プールの謎決着」の新聞記事をもとにしています。もしかするとその後でまた新事実が判明している可能性もあるかもしれません）。

震災後の石巻が舞台になっているため、震災の話や原発の話は出てきますが、そこに主眼のある物語ではありませんし、そのことに対する関心から読まれた方はおそらく、拍子抜けされるかもしれません。少々申し訳ない気持ちですが、ただ、僕個人としては、できるだけ普遍的なお話になっていればいいな、と祈るような思いです。

文庫版あとがき　もしくは、見知らぬ知人が多すぎる III

2015. 6. 25

この『仙台ぐらし』は、仙台の出版社、荒蝦夷から二〇一二年の二月に発行されたのだけれど、その準備がほとんど終了しかけた二〇一一年の十二月、僕はタブレット端末を家電量販店に買いに行った。

平日であったからか、購入カウンターも空いており、僕は店員さんに説明を聞いていたのだが、その時、すぐ近くでやはりタブレット端末について店員と喋っている若者がいた。こんな平日に出歩いている若者は何をしている人物なのだろう、と少し気になったが、もちろん、平日に私服で出歩いている中年の僕のほうがよっぽど怪しく、何となく同類のような気分で、彼を見ていた。いつの間にか彼の姿は見えなくなり、僕は買ったタブレット端末の防護カバーを買うために別のコーナーで商品を選んでいたのだが、そこで、「すみません」と声をかけられ、はっと見ると先ほどの若者が立っていた。いったい何事かと思えば、「伊坂さんですよね。本を読んでいます」と言ってくれる。

読者だったのか、と驚きつつももちろんありがたくて、お礼を言った。すると彼が「僕、仙台でバンドやっているんですけど、ついこの間、ＣＤが出たんで」とタワーレコードの袋をすっと出してきた。どうやら、慌ててタワーレコードまで行き、買ってきてくれたらしい。

それはそれは、とＣＤを取り出すと、「ソンソン弁当箱」なるバンド名と、「チャンネルがそのまま」というアルバム名があり、戦隊ヒーローの恰好をしたバンドメンバーのイラストがジャケットとなっている。

可笑しかったのと、その可笑しさが僕好みであったことが嬉しくて、笑ってしまったのだが、「何のパートをやっているんですか？」と演奏する楽器について尋ねると、「これが僕です！」とジャケットに描かれている、赤のコスチュームのイラストを指差すので、さらに噴き出してしまった。「赤（レッド）じゃないか！」と思った。戦隊ヒーローで言えば、赤色はリーダーの色であり、彼はバンドのフロントマン、ボーカルを担当しているらしかった。

彼と別れた後、喫茶店に入ると僕はＣＤをパソコンで取り込み、さっそく聴いた。するとこれがお世辞抜きで僕の好きな音楽で驚いた。「メシ喰《く》えない」という曲名からも分かるようにＩＮＵなどのパンクバンドの影響を感じさせながらも勢いとバカバカしさのまじった曲が揃っている。「マンホール開けたら３ＬＤＫ」という曲にしても、夢があるのかないのか、壮大なのかしょぼいのか分からぬもので、痛快に感じ、気に入った。

これはちゃんと対価を払わなくてはいけないと思い、自宅に帰る前にタワーレコードによってCDを自分でも購入した。

そして家に帰ると息子にCDジャケットを見せて、「このレッドと会ってきたんだよ」と言い、「『ソンソン弁当箱』という名前なんだけど」と伝えると息子は大きく笑った。こんな小さい子供にも面白さが通じるというのも凄いものだな、と感心せずにはいられなかった。ひとつ残念だったのは、CDの感想をレッドの彼には伝えられないことだった。

さて、そんなことがあった数日後、また別の出会いがあった。

たまたま仙台市街地、一番町通りを息子と歩いており、いったい何の用事があったのかはうろ覚えなのだが、時間を潰すためにある店に入った。店内をふらふらと歩いていると店員さんと思しき、僕よりも年上の男性がいて、声をかけてくれた。非常に親切な感じであったから、僕は息子に、「優しい人だねえ」などと話していたのだが、あるタイミングでふとその店員さんが、「伊坂幸太郎さんですよね？」と言い出したので、あ、この方も僕の読者の一人だったのかと気づき、やはり、「見知らぬ知人が多いものだな」と感じながら、「そうです」と答えたところ相手はさらにこう言った。

「数日前、息子と会ったそうですね」

「はい？」と僕が驚くと、「息子がバンドをやっているんですが」と続けた。

僕は思わぬ展開に一瞬言葉を失いかけたが、はっと気づき、息子に、「この店員さん、『ソンソン弁当箱』のレッドのお父さんなんだってよ！」と説明した。息子はもちろん驚き、目を輝かせた。

「CDとても良かったです」まさに予想もしない機会だったが、僕はその感想を（本人にではないけれど）伝えることができたわけだ。

そのお店はめったに行かない場所で、たぶん数年に一度くらいしか訪れたことがなかったし、息子とははじめて行ったので、そのタイミングでまさかばったり、数日前に会った人のお父さんに会うとは、何ということなのか、と僕は小さく感動した。仙台という町のコンパクトさが分かるとも言えるだろう。

とにかく僕はこの出来事がすごく楽しかったせいか、あちらこちらで話をしたのだけれど、そのうち、「このエピソードをエッセイで書いて、『仙台ぐらし』に入れたらどうだろうか」というアイディアが浮かんだ。編集作業はほとんど終わっていたから、ぎりぎりという段階だったが、「見知らぬ知人が多すぎるⅢ」というタイトルで書けば、仙台市内で起きた小さな偶然の話としては、なかなか愉快なものになるのではないか、と。「ソンソン弁当箱」という、仙台の魅力的なバンドを紹介することもできる。

ただ結論から言うと、それはやめた。時間的に余裕がなかったこともあるが、それ以上に、「勝手に、『ソンソン弁当箱』のことを書いてしまっていいのだろうか」という心配もあった。ボーカルの彼に確認を取るにしても、うまく連絡がつくかどうか分からない。本に収録するのは諦めることにしたのだ。

話にはまだ続きがある。

それからまた数日が経ち、『仙台ぐらし』発売の打ち合わせで荒蝦夷の土方さんと会ったのだが、雑談の流れで、「いや、実は、新たに書こうとした話があったんですけどね、やめました」と話をした。

「へえ、どんな話？」土方さんが訊ねてくる。

果たしてどこから喋ったものか分からず、「仙台に、『ソンソン弁当箱』というバンドがいるみたいなんですけど」と僕は言った。土方さんが仙台のインディーズバンドに詳しいとは思えなかったから、そこから説明しないといけないと考えたのだ。

「あ、知ってるよ。伊坂さんは何で知ってるの？」土方さんの返事は予想したものと少し違っていた。

「え？　土方さんこそ何で知ってるんですか」

「だって」

戻ってきた答えはさらに僕を驚かせた。

「だって、『ソンソン弁当箱』のベースが、うちでバイトで働いてくれてるから」

「え？」

荒蝦夷は土方さんを含めて社員三人（今は二人）の小さな出版社で、そこにいく人かの人たちがパートなりバイトで手伝いをしてくれている。そのうちの一人が、「ソンソン弁当箱」のベーシストらしかった。

もはや偶然なのか必然なのかまったく分からぬが、この繋がり具合にはさすがに開いた口が塞がらないような状態だった（実際には塞がるけれど）。

今回、この文庫化に際し、このエピソードを書くことができて、個人的にはとても嬉しい。「『ソンソン弁当箱』のことを書いてもいいか」とちゃんと荒蝦夷編集部経由で、確認することもできたし。

解説にかえて――対談『仙台ぐらし』の舞台裏

土方正志

本書は私たち荒蝦夷の雑誌『仙台学』連載を中心に、伊坂さんの仙台をテーマとしたエッセイをまとめた一冊である。二〇一二年に荒蝦夷から『仙台ぐらし』として刊行した本書に、未収録だった一篇、そして新たな「あとがき」として一篇を増補して、このたび集英社文庫に加わることとなった。編集の過程で「解説を書け」となったのだが、連載からずっと編集を担当してきた私としてはなかなかやりにくい。この十年の伊坂さんの仙台ぐらしを綴ったエッセイが収録されているわけだが、ある意味では東日本大震災を挟んだ十年間でもあるのだからなおさらである。書きあぐねた末に、著者ご本人にご登場を願って、本書成立の裏話や思い出を語り合ってみた。「伊」は伊坂さん、「土」は私、荒蝦夷・土方正志である。それでは、どうぞ。

◇　◇　◇

土　私たち仙台の出版社、荒蝦夷が、二〇一二年に出させていただいた伊坂さんの『仙台ぐらし』がいよいよ文庫になりました。この文庫には私たちの『仙台ぐらし』に収録されたエッセイに加えて、「仙台文学館へのメッセージ」と「文庫版あとがき　もしくは、見知らぬ知人が多すぎるⅢ」が収録されています。

伊　「仙台文学館へのメッセージ」は、二〇一一年の震災直後に、仙台在住の作家みんなで仙台文学館を通じて仙台のみなさんへのメッセージを寄せたのですが、そのうちの一本で、地元の人に見てもらえればいいと思ったものなのです。「文庫版あとがき　もしくは、見知らぬ知人が多すぎるⅢ」は、今回の文庫化のおまけみたいな感じで書きました。

土　そこで、解説にかえて、『仙台ぐらし』の舞台裏でもどうかな、と。

伊　土方さんとはじめて会ったのは、僕が二〇〇〇年に『オーデュボンの祈り』でデビューした直後ですよね。本が出て二ヶ月も経っていなかったんじゃないかかな。

土　仙台になんともユニークなミステリーを書いてデビューした小説家がいるぞ……と

電話したわけです。仕切り直しがあったのを覚えていますか。ある日の午後に会う予定だったのに、僕が本屋さんにいたらケータイが鳴って、伊坂さん、ガラガラ声で「風邪なんです、声が出ません、来週にしましょう」って。

伊　そうでしたっけ（笑）。

土　で、次の週、駅前のホテルのいまの定番の打ち合わせ場所じゃなくて、その二階の喫茶店で会社帰りの伊坂さんに会った。きちんとスーツを着て、どこにでもいそうななんとも普通の若手サラリーマンでした。それなのに、話すのが突飛なイメージばっかり。いまから思えばあのとき、そのあと次々と作品となるアイディア——「陽気なギャング」シリーズとか『アヒルと鴨のコインロッカー』とか——が、実際に世に出る前に聞かせてもらっていた。この仙台にとんでもない物語をたくらんでいる作家がいたものだって、爆笑しながらね。なんともゴージャスなインタビューでした。

伊　あのインタビューが土方さんたちが編集を担当していた『別冊東北学』に出て、それを読んだ編集者が連絡をくれて、実際に本になった作品もあるんですよ。だいたい、あれがデビューしてはじめての本格的なロング・インタビューでしたからね。

土　それからは、よく会いましたよね。僕は仙台の北の地域に住んでいるんだけど、事務所まで一時間ちょっとダイエットのために徒歩で通っていた。歩いていると飽きるから、なんとなく途中の喫茶店に寄ってモーニングとか頼んだりして、そうしたらいるんだ、伊坂さんが。いまや都市伝説みたいになっているけれど、仙台の朝の喫茶店で、伊坂幸太郎が原稿を書いている。その現場に出くわして「あれ、おはよう」なんて（笑）。

伊 こっちが夢中になって原稿を書いているのに、となりの席に土方さんがやって来て、世間話です。なんだかなあ、と（笑）。

土 いや、だけど、僕も執筆の邪魔をしては悪いと思ってはいたんですよ。どんどん忙しくなっていたのはわかっていたしね。ある朝のことなんだけど、伊坂さんが喫茶店のテーブルにばったりとうつぶして眠りこけてたんだよね。ああ、疲れているんだなあ、と思ってとなりの席でモーニングを黙々と食べて、声をかけずに喫茶店を出たこともありました。

伊 それは知らなかった。

土 だって、眠ってたから（笑）。かと思えば、ある朝、とある喫茶店の前を通りかかると、ウィンドーの向こうで伊坂さんが盛んに手を振っている。なんだろうと思って喫茶店に入ったら「昨日、こんなことがあったんですよ、聞いてくださいよ」なんて……。

伊 そんなこともありましたね（笑）。

土 いろいろとお仕事もお願いするようにもなりました。この『仙台ぐらし』の連載もそうだけれど、井上ひさしさん、佐伯一麦《さえきかずみ》さん、熊谷達也さん、俵万智《たわらまち》さんなど、仙台ゆかりの作家のみなさんとの対談企画とか、あと、「サクリファイス」（『フィッシュストーリー』所収）と「相談役の話」（『首折り男のための協奏曲』所収）と、短編も書いていただきました。

伊　「相談役の話」は『幽』の掲載だったけれど、編集は土方さんたちの担当でしたよね。いろいろやりましたが、困っちゃうこともあるんですよ。普通に顔を合わせるいわばご近所さんだけに、土方さんの仕事、なかなか断れない（笑）。「いいですね、おもしろそうですね、やりましょう」とか、思わずいってしまったり。あれはなんのときだったかな、東京からちょっと大きな仕事を依頼されたことがあったんだけれど、いやいや待てよ、まずは土方さんに頼まれた原稿を書かなきゃいけないから、これは引き受けられないな、なんて断った。これまた「なんだかなあ」なんですが、オレはあの仕事を断って、いま地元の出版社の原稿を書いているんだぞとか、逆におかしな気合いが入ったりして（笑）。

土　ありがとうございます（笑）。

土　僕ら荒蝦夷が刊行する『仙台学』で、伊坂さんの『仙台ぐらし』の連載が始まったのは二〇〇六年。『仙台学』は年二回の刊行ですから、第一回の「タクシーが多すぎる」から第十回の「多すぎる、を振り返る」まで、五年間、連載終了は二〇一〇年の十二月でした。

伊　長かったです（笑）。

土　あれっ、第一回掲載の『仙台学』創刊号、二〇〇五年七月発行だから、この文庫が出る六月が連載開始からかぞえてほぼ十年ですよ。ほんとにいろいろありましたが、このエッセイを「多すぎる」シリーズに決めたのは伊坂さんでした。こちらとしては仙台にまつわるエッセイを年二回と、それだけお願いしていた。そうしたら、二回目も「多すぎる」だった。原稿が届いてすぐに伊坂さんに連絡して「いいの？　このまま続けたらネタに困るんじゃない？」って尋ねたら「いや、これでいいんです」って、伊坂さん、割とキッパリと。

伊　もともとエッセイは得意じゃない。作り話というか、おもしろいお話を考えるのは好きなんです。だけど、エッセイって、基本は日常の出来事からなにかを考えて書かなきゃならない。僕の日常って、特別なことはなにもないんですよ。静かにこっそり暮らしているものですから、特に書くことがない（笑）。それで、なにか「枠」を決めて、意識して日常生活でエピソードを集めてみようかな、と。それと、これは「あとがき」

でも書きましたが、半分くらいは作り話にしておもしろおかしくやってみようとも思っていました。ところが、目論見が大きく外れてしまった。「多すぎる」を枠にした作り話なんてそんなに思いつくものじゃない。四苦八苦しながら、結局、ほとんどが実話にするしかなくて。

土　五回目が終わって折り返すところで、あんまり辛《つら》そうだから「後半は『少なすぎる』にしませんか」ってこちらから提案もしたんですが……。

伊　土方さんにあの提案をされたときは、思わず笑っちゃいましたよ。だって、「多すぎる」が「少なすぎる」になったところで、あまり変わらないじゃないですか。また同じことを繰り返して追い詰められる。それどころか、考えてみれば「少なすぎる」枠は「多すぎる」枠よりも、もっと難しそうだから「いやいや、このまま続けます」(笑)。

土　やっぱりいまもエッセイは苦手ですか?

伊　苦手ですね。『仙台ぐらし』は最初は『仙台学』創刊の景気付けになってくればいいなと思ってお引き受けしたんです。それと、エッセイに苦手意識はあったんですが、あのころはまだ「ちょっとやってみてもいいかな」みたいな気持ちもあった。それが、十年やってみて、やっぱりエッセイは苦手だ、僕にはとても難しいとわかった。だから、エッセイは基本的に書かないと決めました。

土　伊坂幸太郎にエッセイの筆を折らせたエッセイ集がこの『仙台ぐらし』だった(笑)。だけどほとんどが実話って、なんだか充分におかしな日常なんじゃないですか？

伊　これは仙台だからなのかなとも思います。仙台って都市としては大きいんだけれど、暮らしはコンパクト。海も山も近くて、ちょっと中心を外れれば田んぼや畑が広がっていて、と自然がたくさんあって、だからこそいろいろな人たちが暮らしている。そんな町を、僕はいつも歩きまわっている。ちょっと不思議な人たちと出会う確率が高いのかもしれません。あと、さっき土方さん、都市伝説っていったけれど、なんだか僕がパソコンを抱えて町の喫茶店で原稿を書いているって、みんな知っている気がして(笑)。

土　知ってる人、結構いるんじゃないかな(笑)。

伊　そうかなあ。でも、だからといってなにかイヤな思いをしたことはないんですよ。サインしてくださいなんていわれることもあるけれど、これも仙台の人たちならではなのかもしれませんけど、みなさん、なんというのかな、こっちの仕事を邪魔しないように気にしてくれる人が多いですし。

土　ほとんど実話っておどろかれるかもしれないけど、実際、朝の喫茶店で世間話をしていて「こんなことがあったんですよ」って伊坂さんから聞いた話が次回の原稿に入ってることもありました。あと、「文庫版あとがき　もしくは、見知らぬ知人が多すぎる

Ⅲ」の「ソンソン弁当箱」のエピソードなんて、僕らまで伊坂ワールドに取り込まれたような不思議な感覚を味わいました。それに、伊坂さんと歩いていてちょっとおかしな現場に出くわしたりもして。このあいだ、仙台駅前のペデストリアン・デッキを一緒に歩いていたら、すれ違いざまに男子高校生が全力疾走をはじめた。どうやら行く手に友達を見つけて追いつこうとしたらしいんだけど、走り出した途端にケースに入ったアイフォンを、どうして気づかないのってくらい派手に落とした。伊坂さん、それをさっと拾い上げて振り向くや、「落としましたよー！」って大声で叫びながら全力疾走の高校生を全力疾走で追いかけた。人ごみのなかでなかなか自分のことと気づかずに高校生はしばらく走り続けて、逃げる高校生、追う伊坂幸太郎みたいな（笑）。高校生、やっと伊坂さんの声に急停止して「ありがとうございました」。

伊　あのときは走りました（笑）。

土　だけど、確かに仙台ってそういう町かもしれません。伊坂さんほどじゃないけど、僕も町を歩いていてちょっと不思議な声をかけられる。とんちんかんな受け応えをしながら、あれっ、これって『仙台ぐらし』だよな、なんて思ったりすること、ありますよ。

土　さっきもいいましたけど、第十回を二〇一〇年十二月末発行の『仙台学』に掲載させてもらって、さて本にまとめようと編集作業を進めていた最中の二〇一一年三月十一日、東日本大震災です。

伊　土方さんたちと震災後にはじめて会ったのは十四日の夜でした。

土　山形の知り合いからおにぎりが届いた。そのおにぎりを持っていった。伊坂さんの家のそばの震災で休業中のドラッグストア、その真っ暗な駐車場でしばらく立ち話をしました。寒い夜だった。

伊　あのころは、このまま日本も仙台も立ち直れないんじゃないか、もう小説なんて書けないんじゃないか、そんなことを考えていた。それなのに、土方さん、『仙台ぐらし』を出そう、こんなときだからこそ絶対に出そう、と。おにぎり持って(笑)。

土　そんなこといったなんて、実はすっかり忘れていたんですよ。あとになって伊坂さんに「あのとき、いってましたよね」といわれて、そういえばそうだったなと思い出した。

伊　とはいえ、すぐには出せなかった。結局、二〇一二年三月を目ざそうということになりました。

土　しばらくはお互いに仕事や生活の立て直しに手一杯でしたからね。僕らは都市機能の麻痺した仙台から、おとなりの山形市に一時避難して営業を再開。八月に仙台に戻りました。伊坂さんと山形で会ったりもしたね。編集作業の再開は夏の終わりか秋ごろだったかな。あの年のことはあまりはっきり覚えていないんだけど、そのころ既に伊坂さんは僕らの『仙台学』をはじめ、震災に関するエッセイを発表していた。それも入れましょうといったんだけど、最初、伊坂さんは「入れたくない」といったんだよね。

伊　被災地に暮らす作家としてなにか書いて欲しいって原稿依頼、東京のメディアからたくさん来たんですよ。でも基本的に断っているんですよね。僕は仙台市民だけれど、沿岸の人たちのように壊滅的な被害を受けたわけではない。家族も家も無事でしたし。そんな僕が震災に関してなにを発信すればいいのか、被災地の代表みたいになるのは、違うじゃないですか。ただ、原稿を求める側は、被災地からの発信を求めているわけで、なかなか難しいんですよね。とはいえ、『仙台学』もそうだけど、地元紙の「河北新報」やタウン誌『Ｋａｐｐｏ　仙台闊歩』、あるいは仙台文学館など、地元からの原稿依頼だけはお引き受けすることにしました。僕たちは沿岸の人たちのように津波被害は受けなかった。とはいえ、物資不足とか、あるいは土方さんもそうだけれど、揺れそのものによって自宅が全壊とか、いろいろ大変だったじゃないですか。確かに仙台の中心部は日常を取り戻したように見える。だけど、それを見てよそからやって来た人たちに「仙台は、だいじょうぶそうですね」とかいわれると、ちょっと違うんだけどな……と思ってしまって。この微妙な感覚を呑《の》み込んだうえで、仙台の人たちは僕の文章を読んでくれるのではと思ったのと、やはり僕は仙台市民ですから、仙台に暮らす僕はいまこんなことを考えている、と同じ仙台の人たちに伝えなくちゃいけない気もして。だから、地元からの原稿依頼だけは受けたんです。

土　だけど、『仙台ぐらし』に入れるのはためらった。

伊　あのころ、「震災関連本」がたくさん出ていたじゃないですか。この本はそうはしたくない、みたいな思いはありますよね。僕はたまたま仙台に暮らしていて震災に遭った。震災があろうとなかろうと仙台が好きで、いまも暮らし続けている。なのに、震災があった都市ってことだけがクローズアップされるのは、違うじゃないですか。だから、「多すぎる」のあとに震災のエッセイが入ることによって、『仙台ぐらし』が「伊坂幸太郎の震災本」みたいに見られたら嫌だな、と。

土　ずいぶん話し合いましたよね。僕が伊坂さんに伝えたのは、震災を経験して、震災後の日常を取り戻しつつあるけれど、どこか震災前の日常とは違っている。震災前と震災後の日常は地続きなんだけど、日常の意味が変化してしまった。だけど、どちらも僕らの日常には違いないんだから、震災前の「多すぎる」だけでなく、震災後のエッセイまで含めて「いまの仙台の日常」としなくてはならないんじゃないか、それがいまの

『仙台ぐらし』なんじゃないか……。うまくいえないけど、そんな話をした覚えがあります。

伊　そうでしたね。結局、仙台の出版社、荒蝦夷が、仙台で出す本なんだから、これでいいのかな、と。あと、帯とかにも「震災」って言葉を使わない、って土方さんが決めてくれて。

土　そうでした。伊坂さんの震災後はじめての本だったし、震災から一年後のタイミングでもあったし、たとえば「伊坂幸太郎、震災後初の一冊」みたいな帯でもよかったんだけれど、そうじゃないよね、と。被災地の作家と出版社だからこそ、淡々と出そう、と。とはいえ、仙台の小説家と出版社と読者が、あのときこんなことを考えていた、その意味では、全国のみなさんに読んで欲しかった。被災地で本を出すというのはどういうことなのか、そのひとつの記録になるかもしれないとも思いました。そうしたところに、「ブックモビール　a bookmobile」です。ある日、これも収録してくださいと、伊坂さんからメールで届いたんだけど、びっくりしましたよ。まさに被災地を舞台にした短編だった。

伊　この小説のモデルとなったボランティアの若者たちと、ひょんなことから知り合ったんです。彼らに同行して沿岸被災地にも行きました。お手伝いにもならないようなお手伝いをして、そうか、本をめぐってこんな支援をしている人たちもいるんだな、と。最初は書くつもりなんてまったくなかったんだけれど、彼らのことならば書きたいなとふっと思った。もちろん震災が背景にはあるんだけれど、それだけではなくて、彼らを手がかりにさせてもらえばいつもの僕の小説を書けるんじゃないかみたいな、そんな感じかな。で、書くには書いたんですけど、どこに発表したらいいものか、いろいろ経緯はあったのですが、これは『仙台ぐらし』に入れてもらうのがいいかなあって。

土　震災前から、ボーナス・トラック的になにか書いてもらえませんかって話はしていたんですよね。だけど、震災後の混乱のなかで、そのまま立ち消えになっていた。そこに、突然の「ブックモビール」でしたから、え、ほんとにいいの、みたいな（笑）。

伊　だってこれ、ほかの本には入れられないですよ（笑）。『仙台ぐらし』しかない。

土　どんなお話かは本書を読んでいただくとして、あと、印刷所の見学も行きましたね。

伊　そう！　それから『仙台ぐらし』が刷り上がる日に荒蝦夷の事務所に行ったら、ちょうどトラックから荷物を降ろすところで、僕も一緒に段ボールを運んだり（笑）。あと、荒蝦夷は注文があった本の発送も自分たちでやっているんだけど、仙台市内の書店員さんが手伝いに来てくれたりしてましたよね。なんだか、手作り感覚が新鮮でした。

土　いや、ウチはいつもあんな感じなんです（笑）。だけど伊坂さん、震災に関してはこれからも書かないんですか。

伊　いやあ、僕が言えることなんてほとんどないですし、というか、世の中には震災とか、そうじゃなくても大変な人はたくさんいて、それについていろいろ書ける力はないと思うんですよね。僕は僕なりに自分の小説を書き続けるしかないので。

土　だとすれば、この『仙台ぐらし』は貴重な一冊ですね。文庫になって、さらに多くのみなさんに読んでいただければと思います。ところでさ、伊坂さん、また『仙台学』でエッセイの連載しない？　今度は「少なすぎる」で。

伊　イヤです（笑）。

土　だよね（笑）。

（ひじかた・まさし　編集者）

初出

タクシーが多すぎる　荒蝦夷『仙台学』Vol.1
見知らぬ知人が多すぎるⅠ　荒蝦夷『仙台学』Vol.2
消えるお店が多すぎる　荒蝦夷『仙台学』Vol.3
機械まかせが多すぎる　荒蝦夷『仙台学』Vol.4
ずうずうしい猫が多すぎる　荒蝦夷『仙台学』Vol.5
見知らぬ知人が多すぎるⅡ　荒蝦夷『仙台学』Vol.6
心配事が多すぎるⅠ　荒蝦夷『仙台学』Vol.7
心配事が多すぎるⅡ　荒蝦夷『仙台学』Vol.8
映画化が多すぎる　荒蝦夷『仙台学』Vol.9
多すぎる、を振り返る　荒蝦夷『仙台学』Vol.10
寝々温泉で温泉仙人にあう　荒蝦夷『仙台学』Vol.5
いずれまた　河北新報　2011.4.13
仙台文学館へのメッセージ　仙台文学館公式ウェブサイト　文庫化にあたり収録
震災のあと　荒蝦夷『仙台学』Vol.11
仙台のタウン誌へのコメント　プレスアート『Kappo　仙台闊歩』Vol.51
震災のこと　メディアファクトリー『幽』Vol.15
ブックモビール　a bookmobile　単行本書き下ろし

本書は二〇一二年二月、荒蝦夷より刊行されました。
扉デザイン／北本浩一郎

集英社文庫

仙台《せんだい》ぐらし

2015年6月30日　第1刷
2015年7月20日　第2刷

定価はカバーに表示してあります。

著　者　伊坂幸太郎《いさかこうたろう》

発行者　加藤　潤

発行所　株式会社　集英社
東京都千代田区一ツ橋2-5-10　〒101-8050
電話　【編集部】03-3230-6095
【読者係】03-3230-6080
【販売部】03-3230-6393（書店専用）

印　刷　凸版印刷株式会社

製　本　凸版印刷株式会社

フォーマットデザイン　アリヤマデザインストア　　マークデザイン　居山浩二

ISBN978-4-08-745326-3 C0195